读一页书　舔一口蜜

简直 / 著

我想陪你去麦加

浙江出版联合集团

浙江文艺出版社

北京读蜜文化传媒有限公司
策划

目录

| 我和你

一

我

那天空得有多高多蓝呀。那草地得有多广多绿呀。还有蓝天白云下面与绿茵相接的大海。

看了一期关于新生在海边军训一年的电视节目，我就打定主意要上这所大学。只要一闭上眼睛，想象自己身着军装走在蓝天白云下草地上的情景，幸福感就涌上来，使做梦少年的脸变得通红。在决定的那一刻，所有读过的历史书和两年前看过的新闻镜头全都没有发挥作用。

高考成绩贴在教育局围墙上的那天，我看到自己的名字和跟随其后的各科成绩被无数人用手指划过，成为最显眼的一行黑色时，我就知道梦圆了。我坐在离人群很远的一张街边长椅上，想象自己马上就要去这所在海里训练水兵的学校，脸烧得发烫。整个文科班只有我一个人上了本科线，而我居然就是全省的第一名。认识不认识的一堆人叽叽喳喳地从我身边走过，有的好奇驻足观望，他们看见我傻傻地笑着，却不知道我正做着乘船漂浮在海上的白日梦。

你

事情发生的那一年，你大学一年级。你上大学比同龄人早了快三年。人们都夸你早慧，没人知道那不过是因为爸爸留学、妈妈没办法一边上班一边照顾你，只好把不满五岁的你送到了和部队关系很好的育苗小学。爸爸在军队是研究火箭的科学家，在其他人争相回城上大学的时候就早早被公派出国读博士。于是你度过了一个几乎没有父亲的童年。

爸爸学成归来时带回一个阿姨，那时你已经上小学五年级了。不到十岁的你挥舞着妈妈做饭的菜刀，把爸爸和他的女朋友轰出了家门。爸爸半夜回到家，跪着恳求你和妈妈原谅。妈妈原谅了爸爸，女儿守护了家庭，留住了一个没日没夜泡在实验室里的爸爸。

爸爸是爱妈妈的，也是爱你的。男人的爱有时就那么古怪。在那年初夏部队开始进城的时候，他让你向学校请了假，带着你和妈妈去欧洲游历，重复了一遍十年前他和阿姨浪漫出轨时的足迹。女人的爱有时也很奇怪。妈妈知道这路线图的来历，但并不把话说破。那时你已经上了一年大学，和挥舞菜刀时已然大不相同。

你们秋天回国的时候，城市里已经干干净净，仿佛什么都没有发生。爸爸的度假安排使他和妈妈得以避免参与很多关于反省的会议，而你和同学之间，本身就有两三岁的年龄差距，这下又平白多出一条代沟。

我

拆开录取通知书的时候，我发现要去接受军训的不是海边的那所军校；而且大学把我第一志愿的专业给改掉了——我填的千真万确是中国语言文学系，录取通知书中写的却是法律学系。拿到班主任转交的录取信后，我很长时间陷入沮丧，让所有前来祝贺的人摸不着头脑。又有什么办法呢，只能到学校再说了，而那将是一年之后的事情。我出发去军校报到，两手空空，什么都不用带，因为录取通知上说得非常细，被褥、衣服，甚至牙刷、牙膏，都由部队给统一准备好了。

坐在火车上，我读到本省日报头版关于高考状元的长篇报道，详细介绍了很多我所不了解的事，比如我的每一科试卷都被主管教育的副省长重新核查过，为了慎重起见，她还拍板把作文给减掉了十分，因为其他的都是标准试题，扣减分数没办法处理。还说省公安厅派人到县里查了我家三代的户籍。十八岁的我当时不懂他们为什么要这样做，想要证明什么。最让我觉得丢脸的是报道的最后，记者用低俗的文艺腔设想了一个场景："九月的第一周，他将背上家乡特有的狗皮褥子，踏上东去的列车，揭开人生新的一页。"看到这一句，我难堪得赶快把报纸揉成一团扔出了车窗。

我误入歧途，在一个毫无特色的内陆城市开始了为期一年的苦闷的军训生活。想象中的大海，还得要再过些年才能看到。来自全国各地的尖子生们聚到一起，大家见面都喜欢问高考成绩，当时全国试卷统一，成绩可比。那天晚上熄灯之后，当其他十一个人吹完自己的分数，有人不怀好意地向来自边远西部的我发难时，我悄声说了一个数字，然后全屋就安静了。中尉区队长透过每个班宿舍门上的玻璃窗口窥视查房，发现就我们这个班鸦雀无声，他没忍住激动，吹了紧急集合的哨子把整个中队叫起，在楼外列队，着实夸奖了我们班整整半小时。他并不知道，就在他到来之前一分钟，我们省，甚至我们相邻的几个省的面子，由我一个人给全部挽回，从此这话题不再有人提起。

你

你大学四年级，本科的学分已经修完了。同学们有的在申请留学，有的准备考研，有的在四处活动以实习的名义找工作。你被保送读英语语言文学系的研究生，于是整个大四就无事可做了。听说系里要派几名年轻的英语教师去给军训的新生教公共英语——学校也怕这帮本应上大一的孩子们在部队把一整年给荒废了。和其他人那时对部队避之犹恐不及的态度不同，你家里都是穿军装的人，你对军校有好感。于是你主动请缨，虽然当时本科还没毕业，就被派来教书了。名义上是到军校外语教研室实习，倒也合情合理。你就这样出现在我的课堂上。

我

军训每天八节课。早上八点到十二点，下午两点到六点，每小时一节。其中会有两节课在操场上踢正步、拔军姿或者打军体拳。有时会多出两小时户外课，大家趴在靶场练瞄准。由于上个年级的军训生中有一位男生偷拿了一颗子弹，跑到楼顶上对自己太阳穴开了一枪，把脑袋直接轰烂，以致轮到我们这一届时，别说子弹了，冲锋枪里连枪针都没有。每天早晨起床后第一件事和晚上睡觉前最后一件事，就是把枪全部拆成零件，擦拭干净，再装回去。看过电影《阿甘正传》的，都能想象那场景。上射击课时，我们就从平日锁着的柜子里取出枪支背着，排队走到靶场，一路唱着革命歌曲。那时还没有红歌这个说法。到了靶场，经过一番训示之后，每人一个靶位，抱着这去势之后的长枪练习单眼瞄准。每次都要趴上一小时，不能动，不能说话。

除了踢正步、拔军姿、军体拳这些大家都喜欢的户外课，每天我们都有四个小时在宿舍楼四层的大教室里上文化课。不过就是中国革命史、社会主义经济建设、大学语文和大学英语这些普通大一学生本来就要过一遍的公共课，加上部队给我们配的一些"特色餐"，比如军事地形学、侦察学等面向真正军校学员的课程。上课时要求我们把军帽摆在课桌左前方边沿，帽徽朝前。部队里的一切都是整齐划一的，所以我们上课时教室里肯定非常好看，只是我们自己没有机会站起来前后左右地观赏。

对于参加军训的学生们而言，所有课程中只有英语是有意义的。我们参加了一次分级考试，只考听力。我从来没有戴着耳机听过英语。那天戴上耳机，还没新鲜够，考试就结束了，当然是最低一级。事隔多年，我已经想不起来英语课如何分级如何编班，可以肯定的是，没有把男女生给编到一起。事实上，没有任何课程把男女生编到一起，除了在露天操场看电影，隔壁可能挨着女生区队。

那天英语课，我第一次见到了你。

你和我

你穿着一身军装，又帅又神气。你悄无声息地出现在教室门口。你像小鸟一样轻盈地走上讲台。同学们一阵骚动。来回巡视的区队长瞪大眼睛扫视一周，平息了教室里的窃窃私语。

你开口说话，你的声音在我听来如同天籁。后来我来到北京，才知道这是纯正的北京军队大院子弟特色的普通话，和一般北京人所讲的北京话不同，更和军校里各级队长直到校长所操的各地腔调的普通话不同。

我如痴如醉地看着你的嘴唇一张一合，听着你动听的声音，却没听进任何一句你正在讲授的内容。多年以后，我努力回忆你当天拿掉军帽后头发的样子，结果一无所获，不能确定当时你是扎着两只小辫子还是留着民国学生头。只记得你不是长发，因为我当时最喜欢看你转过身在黑板上写字时露出一段颀长洁白的脖颈。合身的军装在腰部自然束紧，我的视线从你开始讲话的嘴唇开始，看过了你年轻俏丽的脸，你乌黑浓密的头发，就顺着往下走。当目光落到你鼓鼓的胸部时，我眼睛直视，两耳轰鸣，已经听不见任何声音了。

你走到我的课桌前，伸出两根白皙的手指拎起我桌上的书。我猛地惊醒。那是一本用红色《中国革命史》书皮裹着的英文版《百年孤独》，我在上一节中国革命史课上看了整整一节课长篇小说。课程已换，我忘了把伪装的书皮拿掉。你只拎起了书皮，小说就掉在了桌面上——*One Hundred Years of Solitude*. 你的脸红了。我的也一样。你像自己做了错事一样手忙脚乱地帮我把书和封皮套在一起，放回原处，急急逃开。你的偶然来去，把一阵若有若无的香水味道抛在我的四周。我有生以来初次被陌生的女人味道包围，只听到自己的心跳。

那个秋天，我十八岁，你十九岁。我在军训，尚未进入大一，你刚刚开始大四。但我并不知道你的学生身份，最初懵懂地以为你是正规军校老师，后来听说所有英语老师都来自我们的大学，我就把你当成了已经留校任教的年轻教师。

因为英文课老师是你，课程表上这门课的时段，就成了我每周最向往的时间。我的军训不折不扣地变成了为期一年的英文补习课，而我和其他同学原先的差距就在这门课上。每到有英语课的那一天，早晨我都等不及起床号就醒来，睁着眼睛挺在床上等着号声响起。然后在心慌意乱中收拾内务，早餐、踢正步、拔军姿，这一天的每一件事都与其他日子不同，也容易出错而受到教官的训斥。终于，英语课的时间到了，我故作镇定，掩饰慌乱，排在队列里上楼，按队列顺序坐到课桌前，把军帽脱下来摆好。然后就一眼不眨地看着教室门口，心情激动地等待你的到来。在你整个上课期间，我完全按照部队的军容要求，挺直胸脯，端平肩膀，双目直视前方讲台，贪婪地吸收着你所发出的每一个声音所做的每一个动作。可以说，那一学期，我是你最认真的学生，虽然和第一节课一样，我很难听进去你所讲授的知识。

你肯定知道有那么一个神情古怪的学生。从第一堂课的误会之后，你从未正眼看过我，你的眼神四处挥洒，独独回避我座位所处的那个方向。

第二个学期没见到你。我完全不记得那个学期英语老师的模样，甚至连是男是女都忘得一干二净。但我仍然上课专心听讲，下课认真看书，其他所有的课上都看英文小说。那一整年，我用移花接木之计，把军校馆藏的英文版小说几乎看光了。一年之后军训结束，正式进入我们的大学，重新参加分级考试时，我成了全系英语成绩最好的新生。

我

大学照旧在九月开始新的学年，在本应上大二的这一年，我的大学一年级正式开始了。报到结束，我就四处找人打听为什么把我录在法律学系。系里负责学生事务的是一位老太太，她一口咬定本系不可能招收第二志愿生源，所以反过来证明我肯定第一志愿填的就是法律学系。开学接待新生事务繁多，她说着说着就不耐烦地扔下一头雾水的我走出了办公室。我不甘心地坐在那里，打算等她回来把招生的经过问个明白。这时进来一位老大爷。他问我为什么坐在这里，我心里有怨气，脱口就说："刚才那个女的让我进来的。"我已经不记得当时为什么不说"女老师""阿姨"，或者像其他乖巧的新生一样，连姓带名都记得好好的，直接说"某某某老师"。情绪激动之下，我忘了所有这些恰当得体的称谓，粗鲁地称那个不耐烦的老太太为"那个女的"。这位老大爷是我们系的副主任。

记忆出现了故障，不能再现老大爷是怎么从文明礼貌的重要性出发训了我一顿。总之，听他训完之后，我还是坚持要投诉我被录错系了。我说我就没有报你们这个系，是你们强行录了我。老大爷说你说话得有证据。我能有什么证据？恐怕没有任何人把高考志愿表复印一份自己留着吧。

没有证据，你回去吧。不想上可以退学回家，我可以马上就给你办好一切手续。

我的大学生活，就这样狼狈地开始了。那天下午，我心绪难平，在著名的没有名字的湖边转了不知有多少个圈圈。眼含泪花地埋葬整个少年时代的文学之梦。

你

你本科毕业前最后一学期，也就是我军训的下半年，你没有继续去军校代课。你天天待在学校里，忙于填表、聚餐和合影。也许是因为这些琐事太过无聊，你非常投入地开始学习西班牙语。同时，你迷上了电影，不放过每一部在大讲堂上映的外国片子。就是在那段时间，有一个留长头发的男人在校园里和你搭讪，你跟着他去了圆明园画家村。那是一个流浪画家的世界。村子里每一个胡同都飘浮着浓郁的藏香和印度香气味。画家和诗人们杂居在那里，正是浪漫女生喜欢的境界。你大方地脱光了衣服给他们当模特。他们卖画给老外时，你给他们担任讨价还价的翻译。成交了一笔大买卖，你们一起去德国啤酒屋里庆祝，酒吧关门时把你们轰出来，学校锁门了，你就跟着他们回到村里，睡在其中某一个人的床上。艺术家们没人知道你是一名将军的女儿。

本科毕业，你按部就班地开始读研，并被系里安排担任助教，教大学一年级新生的公共英语课。

我和你

我不知道去哪里找你。一有闲工夫我就在校园里四处奔走。英语系的办公楼前，女研究生的宿舍周边，都留下了我驻足流连、东张西望的身影。这时我已经清清楚楚知道，你就是英语系的一年级研究生，但在你本应居住的宿舍楼前，我一次都没有如愿遇上你。

开学、英语分级考试，折腾了两三周。公共英语分级考试我考了最高分，直接进入四级。本学期再考一次国家四级考试，本科阶段的英语任务就算完成了。终于，公共英语课开始了。经过打听，我知道你要给英语一级上课。因为不同级别的英语课安排在同一时间，我把所有四级的课都逃了，天天跑到一级去，坐在教室最后一排的一个角落里，听你，看你。你目光扫视教室，突然看到我，有点吃惊。然后低头查看学生花名册。再抬起头来时我看到你脸红了。你没有问我为什么不在这个班的学生名册中却又跑到这里来上课，没有轰我出去，后来的课堂讨论中，我也是唯一一位你从头到尾没有要求起来回答问题的学生。你视我为不存在。我总是下了课就乖乖离开，从来没走到前排和你说一句话，打一声招呼。从秋天到冬天，我看着你身上的衣服从长裙换成了小花棉袄，脚上从凉鞋换成了皮靴。那是我大学期间仅有的一门从未迟到早退或缺席的课，而它并不在我的成绩单上。

我在大学校园里终于找到了失缺半年的幸福滋味。

你

你对男人的不信任，源自幼年时发生在家里的那一起菜刀事件。生活中不同阶段试图闯入你生命或身体的各色男人，加深了你对男人、对男女关系的游戏感。高中时主动请你到他家说要给你补课的数学老师，大学时对你格外照顾、嘘寒问暖的辅导员，你的美丽引诱着一个又一个道貌岸然、为人师表的男人相继撕下伪装，但你幸运地一次又一次脱险保全。让你对男孩子还算有一些好感的是你的大学男同学们。因为他们普遍比你年长两三岁，你做了他们四年的小妹妹，大家都保护你，没有人欺负你，可也没有人追求你。大学毕业前和画家们混在一起的时候，你拿他们当孩子看，虽然那些留着长发、邋里邋遢的家伙有的已经年届五十。在艺术家的沙龙里失去童贞，在那个人人不知所措的年代里，也许是一桩可以原谅的小事故。

因为任着一门公共课，你没有和其他研究生们住在一起。系里给你分配了博士生宿舍里的一个小单间。你那里经常有玫瑰花束和红酒，屋里挂满了西域风景和人物的油画。

你整个人都带上了印度香的气质。有时和你在教室走廊里擦肩而过，通过空气中的香味，我能辨别你昨夜是否换了一起喝红酒的人。我其实知道在你身边发生着什么，但这一切都与我这个才上大一的你的编外学生无关。我只是贪婪地享受着每周有六个小时能坐在你目力所及之处，除此之外，你不属于我。

我和你

暮春的校园是令人迷醉的。草地上到处坐着怀抱吉他的男生女生，或者以弹吉他的姿势怀抱女生的男生。本科女生属于男研究生。等本科男生上了研究生之后，还是本科女生属于男研究生。

低年级本科男生似乎永远是个可笑的存在。

我没有工夫在草地上弹吉他。我们四处找人办各种讲座。春夏之交的烛光晚会，所有参与者被警察用卡车清场拉走，第二天才被陆续放回。这些事情发生的前后顺序已经记不太清了。如果闭上眼睛，我会看到无数活生生的图景在眼前晃来晃去，没有色彩，没有声音，没有日期，甚至没有具体的人脸。

我参加了一个纪念诗人海子的诗歌朗诵会。当着前排一堆操着全国各地口音的古怪诗人、长发披肩的艺术家和后排发出各种起哄嘘声的同学们的面，我从头到尾地朗读了海子的长诗《祖国，或以梦为马》。我不知道观众的感觉，但当我念到最后几句时，突然间感动了自己，泪水不由自主地充满了我的眼眶。走下讲台时我已经看不清任何人的脸，凭着直觉找到一条走廊，想抛下乱哄哄的人们，到外面去透透气。

这时人群中有一个人伸手朝我挥了挥，我没有理会。突然那只手温温软软地牵住了我的手。

鼻子里吸进来的香水味道告诉我，是你牵着我，向外走。

我的心狂跳起来。我们紧贴的手心里马上沁出了汗水，不知道是谁的。我跟着你的脚步，一级一级登上二教的阶梯，跟着你走出教学楼一道又一道双扇门。

外面是暖风熏人的初夏夜晚。你牵着我东转西转。在一片荡漾着阵阵幽香的丁香花树背后，我第一次紧紧地拥抱了你。或者说，你第一次紧紧地拥抱了我。我颤抖着用全身的力量感知了一个真实的、温暖的、柔软的你。你的手心。你的头发。你的皮肤。

你的气息。你的呼吸。

这是我有生以来初次和一个女孩子紧紧相拥。没有亲吻。没有抚摸。时间停滞。时间消逝。

那天夜里我痴痴迷迷地回到宿舍，差一步就到了锁门熄灯的时间。我和几位体育特长生被分在同一间宿舍。在全世界的大学里，法律学系永远是体育生扎堆之地，我们的大学也不例外。又因为体育生绝大多数来自北京，他们从高中就参加比赛，因此大多互相认识，这使得我们宿舍里永远都像集市一样人来人往。即使天天开着窗户，房顶天花板下也永远都是蓝雾雾一片烟气。他们也很照顾我，如果我在宿舍里看书，或躺在床上休息，他们说话或打牌就压低声音，好像在搞地下活动。

进到房间，我直接爬到上铺，和衣面壁躺下。过了一会儿，一位跨栏专业的哥们儿特意从床上爬起来，一边摸我脑袋，一边问："你没什么事儿吧，哥们儿？"我摇摇头，但没有把脸转过去，因为怕他看到我满脸的泪水。

我和我心爱的姑娘，认识一年半了，在今晚拥抱之前，还没有正经说过一句话。

你

你去参加海子诗会，其实不是独自前往。是一个诗人兼画家、画家兼诗人拽着你去的。你根本没想到公共英语课上那个高大帅气、眼神清澈的男生会突然出现在讲台上，声嘶力竭地念了一首你从没完整读过的诗。从他站上讲台的那一刻起，你就心跳不止。平时在讲台上故作平静的你，现在换了一个位置，再想平静已无可能。艺术家在和别人争执着什么，你看看他，又看看台上的一年级男生，突然你就做出了决定。看着那男生满头大汗、跌跌撞撞地往外走，心中一丝不可遏止的柔情驱使你从人堆里挤过去，牵着他，就像幼儿园里小朋友手牵手一样。后面有人喊你，但你已听不见。

长久的拥抱之后，你和他手牵手在湖边走了很久。他比你高出一个头。开始时你觉得是自己在牵着他，后来就成了他牵着你。你的小手完全被他的大手包裹起来，热得发烫。这是和艺术家们在一起时从来没有过的感觉。他们的手因为经常拿着颜料盘和啤酒瓶，永远都是冷的。

你听他讲述去年在军校相遇以来，因为你的存在，他心里无端掀起的种种波澜。他从来没叫过你老师，现在他有点得意地一遍又一遍喊着你的全名。你们谈天说地。他说，你听。然后换成你说，他听。和艺术家们的事情你讲了一些，他说他能想象，不想再听了。其实你是想把一切都在这个夜晚告诉他的，你想和他有一个干干净净的开始。他说他办了一些这样那样的讲座。那些人的名字对你来说都不陌生，但你从来没读过这些人的书或听过这些人的演讲。因为父亲的关系，你知道很多他所不知道的事。你对他说，要小心，有些局面是我们无法掌握的，你这么小，不可能承担任何事情。

你们认识一年半，今晚才第一次说话。两个小时，你们已经比世界上任何其他人都更明白对方心中所想。虽然你们真的还只是两个小孩子。关于文学和艺术，这个在二十世纪九十年代的校园里已经不再时髦的话题，你们也展开了智力和见识上的比赛。你们说到凡·高，说到莫奈，说到达利，说到阿赫玛托娃，说到伍尔夫，说到博尔赫斯，说到马尔克斯。你在黑暗中用英语和西班牙语说出一串一串的作品和作者名字，他不再争抢话题，只是欣喜无比地注视着你在路灯下忽暗忽明的脸，眼睛闪闪发亮。身边人来人往，他没有再尝试着抱你一下。你心中一阵阵颤抖。你从来没有想到过，世界上原来有这样一种感情，当你看着他的脸，心里完全是疼痛的。

他送你到宿舍楼前，乖乖地停住，紧紧握了一把一直牵着的你的手，然后放开，站在原地看你上楼。这样生涩的男生是你所没有见过的。你嘴唇动了动，终于没有开口。你跑上楼。艺术家蹲在你的门口。你让他回去，他不走。他说他心胸宽广，不在乎你晚上突然放他鸽子。你哭笑不得。

我

我想对全世界的人说，我有女朋友了！

爱上这个几乎和自己同龄的"老师"，这个长期以来只能深藏心底、可望而不可即的女孩，是在军校第一次上她的课时就暗暗结下的心事，只是无从诉说，无由诉说。现在所有的悬疑的心事都有了答案，一直在内心深处晃动的那个美丽优雅的身影，居然一夜之间从天上掉了下来，能够结结实实地拥在胸前。我想着人间这样莫名的恩典，一会儿笑，一会儿流泪。从这间乌烟瘴气的宿舍里散发出去的幸福光芒，想必能照亮整个夜空了。头脑和心脏一起捣乱，没有一刻能够安静下来。脑海里把见到她以来的每一个镜头都过了一遍，曾经的苦涩绝望，到现在全都酿成了令人沉醉的蜜。

折腾了一夜，越是后半夜，越发清醒。好不容易看到窗外透出天光，我迫不及待地从床上溜下来，轻手轻脚地穿上鞋子，跑到洗漱间洗脸刷牙，然后一溜小跑下楼。

我仔细回忆着昨天从二教出来的路线，把我们两人一起走过的所有地方重新丈量了一遍。脑子里一次又一次反复播放昨天你对我说的所有动听的话语。以前全是听你对大家讲课，昨夜里那悦耳的声音却全是对着我一个人的。我神魂颠倒，又身轻如燕地走了好大一圈，最后不知不觉到了你宿舍的楼前。我坐在对面宿舍楼的台阶上远远地看着你的楼门，等你。上午有没有课我已经不在乎，我只想在这个确认对方存在的第二天，当阳光又一次照亮你的脸庞时重新认识你的模样。我没有想过是否能再次拥抱你，是否能再次握紧你的小手。我想象着你起床，拉开窗帘，收拾打扮，走出楼门，去上课或者吃饭，我看见你，和你说："嗨，我在这里。"

我坐在那里满心欢喜。

夏初时分的北京，天亮得太早。我可能坐了足足有两个小时，终于看见你出来了，和一个扎着马尾辫的男人。我的心脏似乎从胸腔里掉下去了，又空又痛。我坐在台阶上看着你们走远，没有勇气喊你，甚至没有任何力气让自己站起来。

你

你觉得奇怪，那个男生从此消失了。你想到宿舍去找他，又怕遇上你教过的学生。你用了大概一个星期的时间，把来来往往的艺术家们打发完了，把房间打扫得干干净净。你等着他再次出现，你要把他带回宿舍房间，给他端茶倒水、削苹果，然后一起翻看你收藏的画册和英文原版书。但他从此就消失了。

你在校园里不管是骑车还是走路，习惯了左顾右盼，觉得总有一天会看到他。你写了一封信给他，放在书包里一直没有寄出。等了一阵子，你觉得有点受伤，想回到大四之前简简单单的生活中去，等他长大。于是你让爸爸安排了汽车，天天来学校接你回家。没课的日子你就待在家里，如果爸爸也在，就和他说说话。

爸爸有一天突然问你，最近鬼头鬼脑，是不是恋爱了。你突然哭了起来，止都止不住，把妈妈也惊动了。你的父母是全世界最奇特的一对，他们可以把自己的私人生活全部展现给女儿，对女儿与人的交往也从不加干涉。你和艺术家们来来往往的事情，从一开始就没有向他们隐瞒。爸爸除了摇头，居然不置一词。而妈妈则把全部的心思放你的身体健康、会不会意外怀孕这些具体事务上。她给你打印了很多防范知识，居然还准备了紧急避孕药放在你的书包里。你背着这样的书包在校园里走来走去，自己都觉得有点滑稽。

你突然不对爸爸妈妈诉说心事了,他们反倒觉得你出了状况,说不定是麻烦。妈妈在一边轻声细语地询问,爸爸则在院子里来回踱步。突然他走进来,一把拿出抽屉里的手枪,用嘴吹了吹枪筒上不存在的灰,装出恶狠狠的样子说,告诉爸爸,是哪个臭小子惹你生气了,我去把他给毙了!

你带着眼泪笑了。爸爸却低下了头。也许他想到了自己曾经也负过心?这件事你永远都不能再问。

我

"四月是个残酷的月份",我从未如此逼真地体会过这句诗。这一个月,我除了上课、吃饭、睡觉,就是写一封给你的情书。我写校园里碧绿的湖水,发芽抽条的垂柳,金黄的迎春花,粉红的榆叶梅。我写对国家社会这些大事的幼稚思考,对青春和爱情的缠绵伤怀。我引用了我们大学历史上几乎所有灿烂的词句,反反复复只为了寄托无处可诉的烦恼。有天经过三角地,看见中文系和校长办公室在搞建校九十五周年征文,我到图书馆,把那封没有决心投递的情书工工整整誊抄了一份丢进了征文箱。

"五四"那一周,征文比赛的结果出来了,张榜公布在三角地。一等奖空缺,二等奖是我的,三等奖同时由一位历史系和一位中文系的研究生拿到。我站在公告牌前,脑子里嗡嗡作响。今天你会不会碰巧经过这里,看到我的名字,然后想起我?

我把领来的奖状丢在宿舍的抽屉里。文章登在校刊上，估计你应该看到了吧，你是文章的唯一目标读者。我没有勇气去找你确认。我自虐地想象着，那样一个对我而言意义重大的夜晚，在你复杂多变的感情生活中，可能就是沧海之一粟。你现在肯定仍然过着那种放浪不羁的日子，偶尔想起我的时候，可能会微微一笑。

我想杀掉全世界留着长发故作艺术状欺骗女孩子的小男人。

无论内心如何煎熬，在我短暂的大学生活里，风花雪月从来都被隐藏在最底层别人看不见的角落。和我一起组建社团、创办刊物的朋友们都不知道我偷偷地经历着一次重大的爱情，以及与之相伴的悲伤。他们只觉得我在举办讲座和为杂志组稿时更加热情主动了。只是在别人不注意或者独处的时候我会陷入遐想。有次去东大桥接一位老爷子来演讲。学生社团接送讲座老师，为了省钱，我们都是坐公共汽车去，接上老师之后回程才能打出租车。我坐的公共汽车经过蓝岛，一直开到红庙一带，而我的脑子里全是关于你的白日梦，没有发现已经坐过了很多站。等回程车已经来不及了。我发足狂奔，赶到老爷子家所在的小区时，老两口已经在楼前等着，急得团团转。那年月，请老爷子讲课的可能只有我们这一回，他极为激动和重视，搞得我内疚极了。

把老爷子接到校园，演讲大厅人山人海，走廊、台阶，甚至窗台上都坐满了人。最前面的一排，坐着一些我从来没有见过的陌生人。我把老爷子交给我的社团同事——他穿着在海淀图书城地摊上购买的廉价西装，打着化纤领带，在教室里等出了一脸油汗。我在人群中找了个角落蹲着听老爷子演讲。他老人家从年轻时腿是如何受伤开始，一直讲到老来和老伴相濡以沫，讲座结束时听众已经走了一大半。那一排陌生人站起身，鄙夷地看了看我，排成一队走了出去。打车送老爷子回家后，我坐夜班车回到学校，已经是次日凌晨一点了。和保安好说歹说才放我进门，在南门口经过你宿舍时我向你的窗口望去，那里黑黑的一片，我赶紧把目光移开。

在接下来的两三个月里，我沉静下来，全力应对期末繁重的功课，争取让每一门专业课的老师面对我交上去的试卷都能够欣然给出高分；稍有闲暇，除了在本校继续申请举办各种讲座，还和社团的朋友们骑上自行车去附近其他几所大学以及社科院，拜见我们所崇拜的从博导到博士和在读学生在内的大小知识分子。

随着暑期的临近，三角地贴满了考研、考托、考 GRE 和 GMAT，以及考各种证的培训班广告。我和我的朋友们似乎与这个现实的世界格格不入。我们不明白这个世界绝大多数人为什么而奔忙，而这绝大多数的人们则更加彻底——他们根本不知道校园里还有我们这种学生的存在。

我们筹备已久的社团刊物，稿件已经组织得差不多了。现在唯一的问题就是排版印刷需要经费。暑假到了，我们各自匆匆回了趟老家，又匆匆赶回学校，到位于昌平的一个印刷厂当校对。那是一套大型的法律汇编，我们的任务是保证付印前的电子版不存在任何文字错漏。我们吃住在工厂里，一个半月的时间，大家的眼睛都差点儿看瞎了，我们挣到了五千块钱。

你

你和爸爸、妈妈详细讲述了这个源远流长又突如其来的爱情故事。爸爸听完长叹一声，说了句："女儿啊，你真的长大了，以后就不属于爸爸、妈妈了。"妈妈则兴奋地问这问那，从来没见过她对你此前吹嘘的任何一位艺术家产生过这么大兴趣。你红着脸尽可能地回答着妈妈的问题。他长的样子啦，是不是罗圈腿啦，什么家庭背景啦，家里兄弟姐妹几个啦，你给他上课时他专心不专心啦，在学校的考试成绩怎么样啦，有没有碰见他和其他姑娘在一起啦，那唯一一次见面时有没有动手动脚啦。前所未有的关切与好奇，让你觉得她以前不是你的妈妈。

关于他的离奇消失，妈妈果断猜测，他一定是看见了艺术家在你房间过夜。男人的心挺奇怪，你之前和别人睡过多少次他只当没发生，但在他眼皮底下出现一回，这事情就非同小可。你强调说，过夜是过夜，没有"睡"啊！妈妈反驳道："那他怎么能知道，又怎么能相信？"

妈妈的分析很有道理。你决定搬回宿舍去住，并且暗中下定决心，如果他能够再次出现，你要原原本本把自己和男人的关系史和盘托出，把那天晚上可能存在的误会解释清楚。你要明明白白地答应他，只和他一个人永远地好下去。你还要告诉他，不能允许他这样随随便便闯进来，又无缘无故地消失。

可他就是消失得无影无踪。

这学期的最后一个月，你老老实实待在学校，每天手头没什么事儿时，就去他可能会出现的地方转悠。你甚至听了他的社团举办的两次讲座，但他在讲座上并没有出现。紧接着暑假到来，他更是彻底地蒸发了。

假期里爸爸带你去大连，去青岛，去参观军事基地，教你打高尔夫。你每天闷闷不乐，没几天就不再参加他们安排的活动，自己在酒店的阳台上看着大海发呆，用英文写一些奇奇怪怪的东西。一个暑假过去，你减重十斤，眼圈都变黑了，那不是太阳晒的。

开学前一个星期，你就住回到学校宿舍。你去他的宿舍找他，他不在，倒是见到了你半年前教过的英语一级学生。学生一眼认出了你，手忙脚乱地把满地的瓜子皮拨开请你进屋坐。屋子里一股臭袜子的味道，显然这些北京孩子一整个暑假就盘踞在这里以逃避父母的约束。你没进去，托他们转告他，回来后到英语系教研室去找你。

这个暑假前后，你们都长了一岁。现在你二十一岁，上研二；他二十岁，上大二。生命在这样充满预期的阶段徐徐展开，你们各自都已经为重逢的这一天做好了身体和心智上的准备。如果生命之火在金色的秋天燃烧，那原本应该有多么绚丽。

二

我

　　新学期的开始，对于老生来说总是比较轻松。受了一年气的大一新生如今上了一层楼。如果加上军训的一年，其实这些家伙可以说是大三的了。动作麻利的男生们这些天都志愿去火车站或学校南门迎接新生，特别是新生中的女生。其他宿舍的门口频频出现一些稚嫩的女声，来找老乡或者师兄。由于同屋除我之外全是北京人，北京女孩没有背井离乡的感觉，自然也没有找老乡的传统；我的老家又过于偏僻，很少有人能考到这里，所以我们宿舍倒是相对清净。

　　同学们转达给我关于你的信息时，说得神乎其神，似乎是我的英语六级考试出了问题。我当然明白是怎么回事，但这事可不能和他们讲。我听到后显得忧心忡忡了一会儿，你到宿舍找过我这事就过去了，没有成为一件新闻。那晚一拥而别，时间过去了好几个月，当初的刺痛差不多已经淡化，现在听说你来找过我，我心里其实很激动。但我没有急着去找你。我等你等了那么久，不怕再等一两周。我决定先忙完手头的事，过两周再去找你。

两周时间里，我们忙着在中关村找电脑排版公司，然后拿着排好版的软盘回到打工的印刷厂，把我们社团杂志的创刊号印了两千本，这个数字差不多够我们给全校每个宿舍赠送一本。辛辛苦苦从印刷厂挣到的五千块钱大多又流回了原地，但我们有了成箱包装、散发着油墨香气、封面还是铜版纸的像模像样的杂志，这真是一桩令人产生成就感的买卖。我们把剩下的一点钱拿去小南门外的"大妈家常菜"小馆喝酒庆功。二锅头把大家都喝得醉醺醺的，最后有位哥们儿还是由一位女同学给背回了宿舍。

我和另外两位弟兄自己走着回去。我们每人拿着一本杂志，唱着歌，稀里糊涂地错过了小南门，到了大南门时才想起是要回学校。然后又抱成一团往里走。路过你的宿舍楼时，我突然提出要他们陪我去找一位老师聊天。

你

开学之后你也挺忙。有一些新的课要选，教研室又安排了一些书稿译校的任务给你。其实没有任务你也愿意泡在那里，因为你留话给他时，没好意思说来宿舍找你，说的是教研室。一周过去了，又一周过去了。手头都没事可做了，你还是天天守在教研室。老师们都拿你开玩笑，说这么早就想着体验留校工作啊。

你很久没去圆明园，画家们也逐渐淡忘了你。这一段荒唐日子倒是结束得正好。

这天下午没课，你午休后正想出门去教研室"坐班"，突然门被砰砰地敲响了。你开门一看，是他，他后面是两个你不认识的学生。三个人显然都喝多了。他一见你就傻笑。那两位学生则非常认真地喊你老师。你手足无措，不知该如何招待这千呼万唤也不见踪影的人和他带来的不速之客。

你请他们进屋。大家坐在地毯上围成一圈。他跟你挨得很近，脸红红的不说话。你看到他们手里拿着杂志，这才算是找到了话头，打破了僵局。两个客人你一言我一语地向你介绍杂志里的作者，谁是宪政方面最牛的，谁是社会学方面的大拿，谁是牛津回来的，谁三年前还坐过牢，谁现在还没有放出来，稿件都是他妈妈转交的。两个人抢着说，你都来不及听仔细。翻看杂志的目录和标题，字字惊心。杂志也像模像样地搞了个版权页，上面有他的名字，赫然是主编。发刊词也是他写的，签名龙飞凤舞。这是你第一次看到他写的字。

你心里期盼他能快点打发两位同伴离去，你好揪住他追问这将近一百天的下落。这时门又被更重地敲响了。你心里一惊，知道要坏事。

进来的果然是诗人兼画家的艺术家。你和他，和艺术家，上回是差不多同时见的面，所以艺术家一进门就大声嚷嚷说有日子没见你这小丫头了，这些天也不着家，跑哪儿去了？可见他近期来过这里不止一次。一直木讷不语的他，看到艺术家，居然哈哈大笑，似乎酒也醒了大半。艺术家手里拿着一瓶红酒，他一把给夺过来，对全屋的人说，别他妈废话了，大家继续喝吧，喝死算了。说完就去桌子上找工具开酒瓶，找到了又不会用，两三下就把手指戳出了血。

你有点害怕，又觉得心疼，牵着他的手去水房冲洗。进到水房，他紧紧地抱住你，铺天盖地吻起来。你觉得不舒服，使劲推开他。

回到房间时，艺术家已经把酒开好了，给五个人每人倒了一杯。除了他低眉垂眼，其他人都看着你。你举杯说：那，干杯！大家都一口喝了。那时大家喝红酒全这样。喝完一杯酒，艺术家觉得不过瘾，就熟门熟路地在你的桌子底下找酒，还真给他找到好几瓶。他一直冷眼旁观艺术家在你这里的熟络劲头。你的心在流血。

这天接下来你们把能找到的酒全部喝光，到了晚饭时间，你从冰箱里拿出速冻饺子给大家煮了吃。好几个小时都是他和艺术家在大着舌头谈艺术，越谈越投机。艺术家对他刮目相看，连连拍着他的背对你说："好小子。你没看走眼！"

我

是两个哥们儿把我扛回宿舍里的。如果说这两个傻瓜最开头不知道我为什么带他们去找老师，到后来已经全明白了。我和画家越聊越投机，你的脸色越来越难看，他们两位就越来越着急。饺子刚刚吃完，他们对画家说，拜托您帮着老师收拾收拾，我们得回去了，这家伙不行了。

他们没有把我扛回我自己的房间。我平常也是在他们的屋里谈天说地，今天显然也不想回去。他们把我放在他们屋里一个下铺上躺着，然后把其他人都轰出去打牌。这两个家伙下午没喝多少，这时候面面相觑，十分清醒。我听见他们中一个说："当时在军校我就觉得他看她眼神儿不对。"另一个补充说："难怪他要跑到我们班上去补习一级英语。这厮太过分了，居然泡老师！"一位又说："这下可好，三角恋，那画家又高又壮，如果打架，我可不想帮忙！"我头蒙在被子里，一边流泪一边听他们胡扯，白酒红酒在胸腔里翻江倒海。

那晚我在他们宿舍吐了满地，后来觉得自己完全是一个空心人了。

你

艺术家来找你是真的有事。他被策展人鼓动要去海外办展，需要把背景资料翻译成英文。他不相信策展公司工作人员的水平，觉得只有你才能用英文准确转述他要表达的观点。这也是事实。

今天那个人的表现让你很寒心。从军校时起他就暗中纠缠你，平地惹你心里起了涟漪，然后自己又躲得无影无踪。突然一下子出现，自己喝得烂醉不说，还带了两个你的学生来让你难堪。在水房里，他的小动作更是猥琐有余，美感全无。

画家走后，你打开窗户，收拾一片狼藉的房间，干了一半，突然委屈地趴在床上放声大哭。你下楼给爸爸打电话："让司机来接我，我要回家。"回到家里，你把自己关到小屋子里不出来。爸爸在外面团团转，你听到他自言自语："这孩子，怎么越大越难伺候了呢！"

次日早晨，三个人坐在一起吃早餐。爸爸妈妈都没有问你怎么了，他们尽量语气轻松地谈论政治八卦。你听着听着，突然放下筷子说："爸，妈，我决定出国了。"

系里正好有一个和美国斯坦福大学交换学生的机会。导师早就说过，你对系里有很大功劳，如果你想去的话，这个机会就是你的。当时你没有心思离开学校，当场就给谢绝了。你决定今天马上再去问问，看看这名额还在不在。如果爱情被反复证明是一个不经推敲的玩笑，至少你还可以去呼吸一下新鲜空气。

我

我们的社团杂志全部发出去之后，反响热烈。校内倒是没什么动静，社会上似乎炸了窝。天天都有海外记者到学校来采访我们。接待了几位之后，我们自己也有点忐忑不安。

事情终于朝着我们完全想象不到的方向发展了。有天下课，我和同学们一起从三教出来，急着去食堂吃饭，这时有两位身穿黑色皮衣的人朝我走来，先是问我的名字，然后说请我跟他们走一趟，有点事要谈谈。

谈话是在学校保卫部的会议室里进行的。保卫部的老师——

对了，我已经知道在学校里把所有不是学生的人都叫老师了，不管他是总务处、办公室的还是保卫部的——给大家准备了盒饭，黑皮衣们放在一边没吃。我先是忍了忍，后来想想，自己拿起筷子吃了起来，谁让你们耽误我时间呢。

他们详细问了我办这社团的起因、初衷，为什么要办这个刊物，以及最重要的一环："印制这杂志的钱是谁给的？"

我尽我所能地回忆了所有事情，全部如实告诉他们，包括印刷厂挣钱的艰难。为了缓和气氛，我还开玩笑说，这一个暑假，我的眼睛从近视四百度变成了五百五十度，才挣了这一点点钱，亏大了。他们没有笑。我一边汇报一边吃完盒饭，还喝了几杯水。谈话持续了近三个小时，我有点着急。

他们去另一间办公室商量了半天，最后是保卫部的李老师来会议室找我。他要我和他一起回宿舍，把办杂志相关的所有物品，包括原稿、付款收据、打工挣钱的凭据等，有什么取什么，都拿给他。"他们要求的，你就配合一下吧，没关系的。"李老师安慰我说。

我把所有我能找到的东西都找出来，又跑了几位同学的宿舍，尽量满足了李老师的要求。送走李老师，我回到宿舍，同学告诉我说系里找我，要我到系学生工作处去一趟，找王老师。

王老师平常不任课，是专职负责学生工作的。由于报到第一天的悲惨经历，我和系里不任课的老师们保持了距离，一点都不熟悉，找王老师的办公室都找了半天。

王老师让我坐在他办公桌的对面。他长时间玩弄着手里的圆珠笔，不发一言。后来他敲敲桌面，厉声对我说："可以啊你，净给系里添麻烦！"他又絮絮叨叨抱怨了很久，甚至提到这样的事情出在本系，会影响系里很多干部的升迁，学生不能一点大局观念都没有。我猜他所说的干部指的应该就是他自己。

后来他又和颜悦色地说："事情已经出了，该怎么面对就怎么面对，不要有思想包袱。学校让系里先调查，你回去先把事情前前后后回忆一下，写个材料交上来。态度要诚恳，我们也好想办法保你。"

"毕竟，你是系里学习成绩最好的学生嘛。"送我到门口，他关门之前又补充了一句。

保……我？

这真是一个噩梦般的下午。我的飞扬文采，我的风花雪月，我年少轻狂的大学之梦，发展到这暗黑色的一页，所有事情已经由不得自己做主了。

回到宿舍，我晚饭也不想吃。和我一起办社团的同学们，各自给父母打电话求援去了，其实并没有人找他们谈话，只不过和杂志有关的东西通通交给了李老师，把他们给吓着了。我孤孤单单一个人躺在床上，看着天花板，想到如果我受到什么处分，不能顺利毕业，年迈的父母会怎么想？家乡的副省长到县长到中学校长会怎么想？我会不会成为本省教育史上最大的一个笑话？

我在床上躺到第二天中午才起来。走到学一食堂，发现自己什么都不想吃，又回去躺下。晚上我发烧了。说胡话。

你

你跑到系里，和导师提到那个出国名额。导师说："你真是幸运！上回给你你不要，本来要安排另外的同学去，结果想去的人比较多，系里反复斟酌，不知道除了你让谁去才能服众。你反悔得很及时，这事有戏！"

你心中一阵激动。经过最近这一番折腾，你真的想离开这个校园，越快越好。你回到宿舍里准备材料，填表。因为护照是现成的，手续非常简单。你拿着系里给的材料和自己准备的表格去了一趟教育部，又去了一趟美国大使馆，给护照加上签证，能做的事情就做完了。现在随时买了机票就可以走人。

这天你正在收拾屋子。第二天爸爸就会派车帮你搬东西回家。这间宿舍的主人将换成别人。有人敲门，是上次来过的他的一位同学。他很有礼貌地问好，然后吞吞吐吐地说：他在发烧，喊你的名字。情况很糟糕，我来告诉您一声。

你拿了些冰块、饮料，跟着同学去宿舍看他。到楼下了你又返回去，去取一本爸爸从国外带回给你的凡·高画册。这本画册印制精美，色彩逼真。你从海子诗会那天回来，就一直期待着能和他一起从头到尾翻看一遍。刚才收拾东西时，你还对着它发了好一阵子呆。

路上同学对你讲了这几个月他一直在奔波的事情，讲了他那天喝酒回去后呕吐和痛哭，讲了他因为办杂志的事正在等待来自学校的可能性极大的严厉处罚。你越听脑子越乱，你想哭。

到了宿舍，好几个人在床前围着，他在下铺躺着，面孔潮红，双眼迷离。地面倒是整理得干净了一些，可能是因为知道你要来吧。同学们看到你进屋，上过你课的都问老师好，没有上过你课的则好奇地张望。场面有些混乱。有一位同学说，要不咱哥儿几个都撤，让老师跟他好好聊聊。又贴心地对你说："老师，他也没什么事儿，就是没吃饭，发虚，有点感冒。这会儿烧都快退了，不乱喊乱叫了，您放心。"说完挥挥手，一帮体育生和另外几位社团的同学都走了。过了一会儿那家伙又鬼头鬼脑地回来，从门缝里探进头说："老师您放心待着，我们今晚都不回来了。"

本校男生宿舍留宿女生的事很常见，你本科时同宿舍的女生，除你之外，全都在男生宿舍里过过夜，而且是在其他男同学都在的时候。你在男女关系上固然放得很开，但确实没有这方面的经历，这时一听，脸唰地红了。

我和你

我从床头拿起两天没洗有点脏兮兮的眼镜戴上，两眼直直盯着你看。然后眼泪就唰地流下来了。你找来我的毛巾，蘸了水给我擦脸，又掏出手帕给我擦眼镜。这时我躺着，身高的优势不在了，你显得像是一位真正的大姐姐。

"我全都知道了。"你说。

"我真是不好，上次见面时那个醉鬼样子，今天又是这样一副德行。"我笑了笑。我心中的阴影与日俱增,但觉得不能把宝贵的时间拿来说那些烂事。我们有多少应该说的话,一直都没有机会说。现在有机会了,心中却是千斤重压,不知从何处开始倾诉那些在心里排练了千万遍的卿卿我我。

"我要出国了。"你又说。

"去多久?"我心里一阵剧痛。"半年到一年的样子吧,去了再看。""那等你回来,我就快毕业了。""乱讲,我回来时你大三还没结束。""嗯,那还能在学校里见到你。我们一直都没有机会好好说话呢。"

"谁叫你做那些乱七八糟的事,一直找不到你,现在又出了这么大的麻烦。"你做出生气的样子。

我想问问你和艺术家现在怎么样了,但眼下实在不是提这话头的时候。

你爬到床上,紧紧贴着我,和衣而卧。我们说了很多不着边际的话,讲了很多彼此小时候的故事,但都避免提到我眼下面临的处境和我们以后的关系。说着说着你居然睡着了。我轻轻转身朝向你,看着你长长的睫毛,清秀的脸颊,白净的肌肤,一起一伏的胸。我虽然疲惫交加,但强撑着舍不得合眼。熄灯时间过后,月光从没拉窗帘的玻璃窗斜射进来,有一束正好打在你的身上。我就这样安静地躺在你身边,倾听着你均匀的呼吸。

有人用钥匙开门的时候我们同时醒了。我们还是一样手牵着手,衣服穿得整整齐齐,并排躺在床上。

来的是学校保卫部和学生工作部的人,他们让楼长大爷直接开了门，说是有人举报，我在宿舍里留宿异性。

你出国之后第三天，我的处分下来了，勒令退学。处分只字未提我组办社团、印发杂志的事。让我退学的唯一理由是留宿异性。至于你，听说是你爸爸找到学校，加上已经办妥了出国手续，得到了英语系的力保。你爸爸还想把我一起保下来，但校长告诉他："这事背景深，您和您的女儿真不必掺和。"学校特意在你走后才宣布对我的处分。这件事发生在一九九三年深秋，是全校范围内人们茶余饭后的一大话题。我的大学时代就这样戛然而止。

三

我

一周之内，待在校园的情感依托和身份依托相继被抽走，我摔得很惨。随着对我的处分，我们的社团也被解散了。大家小聚了一次，算是了结，也算是向我告别。人来得比我预想的还少。朋友们坐在一起，除了以长吁短叹来安慰我，没有其他办法。

在校园里茫然无措地晃悠，到处有人对着我的背影指指戳戳。回到宿舍，楼长堵在门口等着收回我的宿舍钥匙。我不得不离开这个抛弃了我的地方，但为了所有关心我的人，为了你，当然主要还是为了我自己，我必须在北京生存下来。

我把你送我的凡·高画册装进书包，像丧家之犬，黯然离校。那天走出校园好远，我发现自己并没有明确要去的目的地。这段时间整个人都有点昏昏沉沉，失去了方向感。在街头徘徊良久，想起两天前曾在三角地看到过一张招聘律师助理的广告，又折回校园去找。广告还在，但上面剪成小条的电话号码已经被撕光，幸亏广告正文里有地址。我把地址抄下来，在学校门口买了一张北京旅游地图，查到了那个地址的位置，以及公共汽车线路。在开往三元桥的302路汽车上，我看着我的大学在车轮后面离我越来越远，泪水不住地顺着脸颊和下巴砸到胸脯上。汽车晃晃悠悠开出中关村，拐上了北三环。我眼前一片水雾。

律师事务所位于一栋办公楼的十六层。那时我还不知道这种楼房叫作写字楼。我像一个远未足月来到世上的早产儿，从今天开始，要加速适应社会的方方面面，熟悉校园之外的各种事物。

出了电梯，穿过走廊，我看到了律师事务所的前台。在处处散发着柔和大理石光芒的写字楼走廊里，我只觉得自己从头发到球鞋都沾着太多土了。走到前台，与坐在台子后面负责接待的女孩子四目相对，我觉得口干，心跳得厉害，开口说话都有难度。我说我来应聘律师助理。

"通知你几点来的？"前台秘书随口问道。"没有通知，我自己来的。"我只能实话实说。

秘书拨打了几个电话，似乎要找的人都不在。我正在不知所措，几欲逃走，她似乎善心大发，对我说："你跟我来。"

我跟在她的后面，左拐右拐，进入一个会议室。秘书穿着紧绷绷的裙子，下摆到膝盖处，裙子下面是透明丝袜和高跟鞋。我一边跟着走，一边前后左右观察，感觉这里和大学校园处于不同的星球上。秘书让我坐在这里等，也许会有机会和"宁律师"见个面。她还给我倒了一杯水。

我规规矩矩坐在椅子上，研究会议室里的陈设和墙上的所有抽象画。坐了一会儿，心情稍微有所放松，我在椅子上转了个身儿，从我背后相当于会议室一整面墙壁的落地窗往外看去。厚厚的窗玻璃隔住了所有声音，三环路上一辆又一辆小汽车在朝着两个相反的方向安静地川流不息；环线内外鳞次栉比的高楼大厦，在深秋阳光的照耀下闪闪发光。这里的每一样东西都让我感觉新鲜。我感觉到自己被学校抛弃的伤口在这样全新的环境下正在迅速钝化。

突然会议室门一响，进来一位穿着棕色皮夹克的高个子男人。他定睛看了看我，挥挥手说："来，你跟我过来得了。"

我连忙站起来跟着他，又是拐弯抹角地走过很多人办公的卡位，没有人抬头看我。我跟着"棕皮夹克"来到他的独立办公间。办公间的门上赫然挂着他的名字。

"棕皮夹克"一屁股坐在老板台后面的转椅上，随即把脚跷起来搁到面前的办公桌上，脚底直接冲着我。他点上一根烟，长长吸了一口又徐徐吐了出来。这人和我想象中的律师完全不一样。见他这个样子，我倒是放松了不少。

"你会干什么？"他突然问。我正在琢磨如何回答这个问题，他又摆摆手，重新问道："你多大了，现在在做什么？""我现在是大二学生，我被学校开除了。"

他表情惊讶："什么？你做什么事情被开除了，哪个学校？"

我说我其实就是办了一本校园社团刊物，开除的理由却是留宿女生。我说了大学的名字。

"是吗！"他乐了，"那谁谁是你们现在的系主任吧，操。"

我说是，但我和系主任都没见过面。他抽着烟，半天没理我。过了一会儿，他伸手把烟头摁在烟灰缸里，站起来问我："英语学得怎么样？"我照实回答说我是全年级英语最好的。

"哟呵，吹上了跟我这儿。还挺自信！"他随手翻出一份英文文件扔给我，"去，回到刚才的会议室，把第三页和第四页给我翻译成中文，我来看看你这个'最好的'是什么水平。"

我得到了这份工作。宁律师说本来只想招个兼职学生做文件翻译，看我好像挺需要这活儿，那些面试过的想打零工的学生就一一回绝算了。我明天就可以直接来上班。待遇他没提，我也没问。

这是我走入社会的第一天。此后近二十年，我再也没有为找工作面试过。每当我回首往事，想到已经故去的宁律师在我遭遇灭顶之灾后的这一天让我感觉到的人间温暖，都会禁不住眼眶发酸。

这些日子里，我没有特别想你。我要找临时居住的地下室，我要找一些旧家具。我要到处去取律师事务所大哥、大姐们送给我的生活用品。为了省下打面的的十块钱，走得脚底都起了泡。

你

在东京转机，然后又是接近十小时的飞行，你降落在旧金山国际机场。学校安排了一位中国留学生来接机。汽车开了半个多小时，位于湾区的大学出现在你面前。尽管有过多次出国旅行的经历，去过很多外国大学，斯坦福大学的宽阔草坪仍然让你觉得心旷神怡。你为自己即将在这里待上一段足以疗伤的时间感到庆幸。出国之前接连发生的事情太多了。捉奸在床这样的荒唐事都发生在自己身上，都什么乱七八糟的呀。填写一些入学的表格，落实住处，整理行李，来访打招呼的老师、同学、爸妈的朋友等等逐渐散去，花了你两天时间。第三天你闲了下来，心里空落落的，开始想念他。

你买了国际电话卡，拨了长长的号码、密码后，电话打到了他的宿舍楼里。楼长大爷听到你要找的是他，什么也没说，直接就把电话给挂了。其实他那时正好还在宿舍里。

你这才打电话给家里。三天前刚刚下飞机时，你用接机同学的电话卡在机场已经打过报平安的电话，这两天手忙脚乱，就没有再打。电话接通后，爸爸先是抱怨你怎么老不来电话，问宿舍怎么样，有没有电话，号码多少，问东问西。你问爸爸，学校里有什么消息没有？你指的是他。爸爸沉默了一会儿，直接告诉你说："我没有做到。他被开除了。"

我和你

我上班十天左右，有天接到宿舍同学的电话，说收到一封来自美国的信件，让我回去取。下班后，我挂在 302 路公共汽车的吊环上，摇摇晃晃将近一小时才到站。我从东门进入学校，穿过整个校区，回到小南门附近的宿舍。嗯，回到。十天时间，校园什么都没有变，走在穿梭于大讲堂、电教、三角地、宿舍楼群之间的学生们中间，我像一只孤单的野狗。

你信中简单说了说到达美国后的情况，然后就说你已经知道我被开除的事情，写这封信你也不知道能不能转交到我的手里。你问我现在在哪里，在做什么，怎么住，是不是要自己做饭吃。你说你相信我不会逃回老家，希望我在北京坚强。有什么特别大的、挺不过去的困难，我可以直接去找你妈妈。给你打电话太贵，你要我多多给你写信。

这是我第一次看到你写的汉字。我发现你所写的每一个字，形状和笔迹都是我喜欢和百看不厌的。信不长，有几处还模糊了。我把信装在最内侧的衬衣口袋里，吃了同学事先给我打好的饭，步行到公共汽车站返回住处。路上行人已经很少，深秋最后的树叶被北风吹落地面，翻滚着堆积在马路牙子边上。我在冷风中想着你，用手按着胸前你的来信，心里暖暖的。第二天我在办公室给你写了回信，大意如下：

　　我很好，我也很高兴你一切都顺利如意。我找了一份律师助理的工作，老板对我很好。事务所办公室里的学习条件也比学校图书馆强很多。同事们对我都很好。我住得很好。我不会就这样逃走。你送我的凡·高画册，我一直带在身边。我想你。

那本凡·高画册是我从大学宿舍出来时随身携带的唯一的

印刷品。我保留的社团杂志被没收；书架上的其他书本，除了必须归还给图书馆的之外，大部分属于自己的书都与功课有关，被勒令退学，留书何用？何况我当时搬出来也无处存放。我把其他与过去有关的东西全部留在那间大学宿舍里，随他们去处理。

租住的地下室有点潮。虽然有一个高高的小窗户通往室外，但空气中老有一股子霉味儿。折腾完吃饭睡觉需要的东西，我又连日开窗透气，让屋子里稍微干爽些，两周后我才舍得把画册从层层包裹的塑料袋里解放出来。因为没有桌子，我把它小心翼翼地摊在床铺上一页一页地翻看。那晚你带着这本画册来看我，当时我们只顾着说话，根本就没有翻开；第二天天没亮就被鸡飞狗跳地折腾，所以你想和我一起欣赏凡·高画册的想法没有实现。

画册真是精美啊。向日葵是我此前看过的，倒是星空主题的画作深深地震撼了我。如果你一直盯着它看，会觉得我们所在的整个宇宙真的在令人眩晕地旋转。翻看这本你收藏许久、看过无数次的画册，我隐隐觉得它带有一种你常用的香水的淡淡味道。

我像一个守财奴翻看储钱罐里的珍宝那样一页一页、来来回回地仔细看过去，想到这每一帧图画你都曾经和我现在一样细细品味过，心里温暖极了。

画册的最后一页和厚纸封底之间夹着你写给我的信，压得平平整整。这些信写于我们初次牵手拥抱后我负气突然消失的那些日子，写得断断续续，应该是写了很多天。

你在信里说，从军校第一天你就注意到我与众不同，但因为我不过是一名新生，根本没多想。那学期课上到最后，你其实已经非常明显地感觉到，我的眼神传递的不是单纯对一位老师的景仰，因为它含有你无法承受的热度。后来到了大学，我出现在不应该出现的你的英语课上，你更是完全明白，你对我来说已经不是可有可无。起初你有些困惑，后来是感动，再后来就有点割舍不下，虽然我们之间隔着讲台，但毕竟你和我几乎同龄啊。课上完了，你期待我能有所表示，比如请你出来散个步啊什么的，但我居然上完课就不见了。你若有所失，但也能理解，毕竟我才是一个大一第一学期的学生，要开口约你，估计也没有足够的勇气。

你原以为随着学期转换，我在你周边的存在、对你内心的扰动就会自然结束。但相隔两三个月后，在诗会上你见到我，听我朗读海子长诗时，你感觉到字里行间向你倾泻的情感，你已不能再约束自己内心陡然掀起的冲动。你那时觉得我可能永远不会懂得需要更加勇敢、更加主动，因为我已经按我自己的方式，默默传递了我所能传递的一切。你说你看着我跌跌撞撞地往外走，一时满腔温柔，居然在四周无数围观的眼皮底下，穿过人群来牵我的手。

看到这一部分时，我发现自己和当年看过的《大个儿莫纳》里的莫纳一样，泪流成行。高中时读那本法国小说，我自以为永远都不会因为儿女私情而陷入这种情绪，但事情到来的时候，我和小说中的人物没有任何区别。

这不过是第一次。这时的我还不知道，这一生为了你，我还要流多少眼泪。

接下来你的信中写到我们完美的初次接触，让你整个人飞上了天空。但旋即我的莫名失踪，使一向矜持的你陷入了深渊。你怀疑自己是否过于多情，怀疑我整个人是不是真的存在过。你说你一定要找到我，明明白白地告诉我，我对你而言，与此前你深深浅浅交往过的男人们是多么不同，你怀疑自己是否能承受与我一次轻浅的亲密之后就完全失去这份情感的打击。

有些地方你写得涂涂抹抹。信的最后内容变得凌乱，不算是完整意义上的信了。我眼前幻化出你曾经像我找你一样在校园里四处找我的身影，胸口阵阵绞痛，无法入睡。第二天办公室工作比较少，我用了一整天的时间，给你回了一封长长的信。我讲了诗会后我半夜起来在校园里沿着我们头一晚的足迹乱转无数圈，然后在对面宿舍楼前的台阶上坐等你两个多小时，最后看到你和艺术家走出来，以及其后我的想象、怨恨、逃避，和那一篇校庆文章的真实内核。我对自己忙于社团活动、主办刊物最终被清洗的整个事情没有表示后悔，但经过这么长时间、这么多变故之后，我也发现自己过于积极地投入这种别人很少理解的社会活动，除了作为热血青年内心深处对国家和社会大而无当的激情之外，可能的确是希望在东奔西跑的消耗中，或多或少地使自己从对你的朝思暮想中得到解脱。

整个冬天和春天，我们一直在频繁地互相写信。一封信的到达，肯定会被次日的回信所接续。太平洋的上空，这段时间内的任何一个时点，都肯定有一封我们的信在飞翔。

我

工作半年之后，我对事务所的工作已经完全上手，除了最初的文件翻译任务之外，我实际上已经接手了许多真正的律师工作，甚至开始拿着印有律师头衔的名片四处出差。有些尽职调查一去就是半个月。慢慢地，写信的频度、长度就降了下来。入职之初宁律师就按正式本科应届毕业生的待遇给我开了一份工资，在我上班第二天他还叮嘱财务给我预支了一个月薪水。但到了下一个发薪日时，预支的月薪并没有扣除，而是又发了一次。我把它视为宁律师对我的暗中相助。另外，办公室还每天给大家免费订午餐盒饭，我自己只要设法应付晚饭即可。就这样，我在被大学开除之后迅速站稳了脚跟，开始自立。

我不知道远在天边的父母有没有收到学校寄出的开除通知，反正自己是一直按照在校时的惯例每月寄一封报平安的家信。我告诉家里，找了一份勤工俭学的零活儿，不用再寄钱给我了。每逢暑假，我都给自己找很多不能回家的理由。寒假过年时回家几天，也说学校里有事着急要走。如此这般，直到我应该本科毕业的那一年，我告诉家里，在一家律师事务所找到了工作，再也不用他们担心了。

我从四月就开始期待你的归来。七月初学期结束，我估计你会在当月中旬回国。我开始寻找好一点的房子，想赶在你回来前搬到新家。我想着在你回来时，我们能有一个自己的小天地。反正我已经不是学生了，没有谁会再来敲门生事。我的工资全部用上，在生活费之外应该能租得起一套一居室。我不能让你看到我住在地下室里。不是怕丢人，是怕你难过。

你

你在五月底突然回到了北京。

你完成了交换学生的大部分功课，还直接申请了斯坦福大学的英语文学博士课程。这个博士学位需要读四到五年。在博士课程开始之前，你回国探亲两周，顺便了结这边大学硕士学位相关的事务。当然还有一个目的，就是和我见面。两周之后，你就要赶着飞回去，参加那边课程的结业考试，以及处理博士课程导师面试、奖学金等一堆手续。

回国事起突然，你也想给我一个惊喜。你没有提前告诉我。

回到家里，尽到女儿撒娇倾诉责任之后，你选了一个阳光明媚的早晨打电话到我办公室，试图吓我一跳，然后约我见面。前台告诉你我去北海出差了，要十天左右才能回来。那时候没有手机，前台也没有告诉我有人在找我。我一直不知道你回到了北京。

你可能每天都打电话找我，接电话的秘书各不相同，但都告诉你我还没回来。你临走的前一天，终于从我宿舍同学那里要到了我的私人传呼机号。你打传呼告诉我你在北京，而且明天就要飞走了，如果我碰巧回来收到信息，无论多晚，一定与你联络。

我和你

我和宁律师去北海处理一艘油轮被扣留的事件，天天泡在公安局办公室里摆事实讲道理磨嘴皮子。那天事情稍有眉目，我和宁律师飞回北京，宁律师有一个饭局，他说这些天辛苦了，要带我去开开眼界。吃完饭我才知道开眼界是什么意思。我被比我年纪还大的小姐们左右环绕，百无聊赖地打开出差前关掉的本地呼机，一个长长的信息让我眼睛发直。我推开她们，气喘吁吁地冲到夜总会大堂，语无伦次地给你家回电。你爸爸接了电话，跟我说你在等我，然后你马上抢过电话。我在大堂嘈杂的背景声中大声地告诉了你我的位置，然后就站在马路边上，眼睛都不敢眨地等你开车过来。

你开着一辆军牌桑塔纳 2000 风驰电掣地来到我面前。你看到夜总会的霓虹灯，明白了刚才电话里为何满是奇怪的声音。我上车之后你开车上了东三环往南开，一言不发。

过去这半年里，经过十数万字的信件交流和千山万水的距离提纯的柔情蜜意，在你飞越上万公里却迟迟不能联络到我之后，被焦虑和失望取代。我满心的歉意和委屈，却不能埋怨你没有事先传达回国的消息。你觉得惊喜和浪漫更加重要，我又怎么能够指责你？事实上假如我能事先得到一点点暗示，哪怕你航班未定，哪怕我失去这份工作，我也要天天守候在机场，为了第一时间看到你。但这些话我没有说出口。气氛有点僵持。想象中的热情相拥，当你我近在咫尺时却无从入手。在夜总会的门外你没有下车，现在汽车在环路上奔跑，大家都呆呆地目视前方，我甚至不能去拉一拉你握在方向盘上的手。

我干巴巴地问你为什么还要走。你说你要读博士，回去有这样那样的准备工作。你说读博这件事一直没有告诉我，就是想等见面时，有大把时间从容说明。

你问我刚才为什么在那种地方，我说这是陪老板在工作——我又急急地补充说我的律师工作很充实也很忙，不是天天这个样子。我不知道为什么会神差鬼使地问道，你在美国的生活是否过得很丰富，身边总有一群艺术家来来往往？

时间短暂，话不投机。你沉默地开着车绕着三环路转圈儿。我也只好沉默地坐着。气氛尴尬极了。突然你开始流泪。泪水模糊了你的视线，我眼睁睁看到车头冲向马路隔离带，咔嚓一声，车子停了下来，车身向路边倾斜下去。我跑下车一看，右前轮直接从车轴连接的地方断掉了。你从司机门下车，站到马路上，从背包里拿出你爸爸的大哥大给家里打电话。在等待来人的时候你嘴唇紧闭，一句话不说，直到来了几位战士把你接走。我一直站在马路边上，呆呆地看着不停漏出液体的汽车，不知道该说些什么安慰你的话，更不敢伸手碰你。

我

我们狼狈而仓促的短暂见面肯定让你心碎极了。你回家之后我失魂落魄地在三环路上走了十几公里，天亮时直接回到办公室，留了几张关于工作的便笺字条之后，打车前往机场出境大厅，想在那里再见你一面，为你送行，为以往发生的一切事情道歉，请求你的原谅。我想向你承诺每半年去美国看你一次，直到我们能够一直在一起的那一天。我在机场国际出发大厅等到当天所有飞往加州的航班起飞，都没有看到你的身影。

我回去后重新开始给你写信。那一封信写了十多页。一个月内没有收到你的回信，我又写了更长的第二封信。三个月过去了，我收到你的回信。你说来信都收到了，你一切正常，上学的日子天天都是重复，刚刚开始的博士课程也很辛苦，比不上我的夜夜笙歌，所以都不值得细写。最后你提议："我们试试一年内不要互相联系，如果我们真的彼此是为了对方而来到这个世界，不会因为联络是否频繁而受到影响。"信的末尾你反问我："你觉得我说得对吗？"我回信："好的。在你或我正式书面撤回我们相互对对方的爱之前，联系不联系，我的爱一直在这里。"我的书信写作已经有了律师的职业病了，调皮不足，冷酷有余。我一直没有意识到，我已经慢慢把你的心伤死了。

这是一九九四年年底。我心里盘算着，这一年里你好好拿学分，我好好挣工钱。到你提出的冷冻期结束时，我自己去美国，就像你回中国一样，无比意外地出现在你的面前，化干戈为拥抱，还给我你此前欠下的浪漫。我为这些事情花了大量的时间阅读《精品购物指南》《北京青年报》等报纸上的出国手续须知、签证花絮，并做了无数电话咨询来确保我的计划万无一失。

我先是想方设法搞了一个河北涿州的户口，办了本护照，为此还报团去了一趟韩国，以达到当时出入境规定中关于激活护照的目的。在一九九五年的深秋，当我攒够来回飞一趟美国西海岸的钱之后，我向宁律师借了一大笔钱，临时存在银行里，办了一张存款证明，去申请前往美国的旅游签证。我没有律师执业证，没有房产，但拿着一张假称律师的名片，居然能得到签证官的放行，实在是幸运极了。

　　我都能感觉到是我们之间的缘分一直在暗中促成这件本来不可思议的事情，使我得以神奇地闯过了一关又一关。我和你的再次重逢已经看得见摸得着了，我兴奋得经常在夜里从梦中笑着醒来。

　　就在我打算买机票成行之前一周，我出差时在上海一家酒店里翻看一本过期的时尚杂志，看到一篇关于中国政治波普艺术品进入纽约拍卖市场的文章。在其中的一张新闻图片中，我看到你和那位我们熟悉的艺术家朋友挤在一起，亲密地脸贴着脸。那些不堪回首的往事一幕幕从我千方百计压抑的内心深处像恶魔一样涌出，纵横肆虐，不可遏止。

　　我把那张照片小心翼翼地从杂志上撕下来带回北京，贴在办公桌前的隔断上，发呆时就盯着它看，一连数天都是如此。办公室的姑娘们说这小伙子恐怕是想美女想疯了，从画报上剪了双人图片来意淫。我完全不予回应。

　　我写了一封质问你的长信。信里讲述了为了我们能够在美国相见我所做的一切准备。这时我不再想着给你意外惊喜了。仅仅在信里写出这整个计划的执行过程，都让我伤心得痛哭流涕。我要求你就那张照片，就你和那位艺术家，或其他任何艺术家，或者在某个地方还存在的其他任何男人的关系，给我做个完整透彻的解释和交代，哪怕在你心目中我们已经分手，你也欠我一个对过往这些令我痛苦的事件的解释。我说，我一直没有追问，不代表着我完全不介意。现在我介意得快要疯了。

写完信后我反复看了几遍。在临发出之前，我把这封信又给撕了。我看着面前的照片，重新给你写了一封不到半页的绝交信，然后把照片和信一起寄给你。

你

你收到信的时候正在收拾回北京过寒假的行李。一年没有联系，开头你觉得挺有意思，后来你隐约有些不安。但你不想投降，如果回国前仍然没有我的消息，你打算回国后到我办公室找我，顺便把我的工作和生活环境从容考察一遍，再带我回你家去见见爸爸妈妈。如果我已经变心，那至少也要两个人一起吃个分手饭——你突然意识到我们除了坐在你宿舍地板上和一帮人一起吃过一回饺子，居然从来没有在饭馆里一起吃顿像样的饭，甚至连在一起喝杯咖啡的机会都不曾有过。意识到这些，你觉得非常震惊和难过。

看到久违的我的来信，你迫不及待地撕开信封。之后你呆坐良久，又面无表情地把信和照片装回信封，装到行李箱里带到北京。在北京期间，每当你想打听我的消息，或者想与我联系时，你就拿出这封信看一遍。在北京的两周，你成功地做到了完全不给我任何信息。

一直没有收到你的回信，我们就此音信隔绝，不相往来。这是一九九六年。我二十三岁，你二十四岁。

四

我

我用两年多的时间完成了法律大专自考，拿到了大专文凭，并报考了律师资格。到一九九六年秋天的时候，我拿到了律师执业证。这时我的大学同学们刚刚毕业。

我拿到律师证的那天，宁律师前往深圳出差。我计划等他回来请他吃个简单的晚饭，给自己庆祝一下，并且感谢他对我如父兄一般的照顾。谁知他竟然一去不返。宁律师去世的消息成为各大报纸的娱乐新闻，有人还在此基础上杜撰了一本小说，说他是浑身赤裸、被绳子捆着死在酒店客房里。我和几名同事去把他接回北京，协助家人安葬了他。宁律师是二十世纪八十年代初最早留学美国拿了学位的海归，和他国内的硕士导师关系一直很好。在他的葬礼上，我看到了很多我们大学的老师。年届八旬的老教授颤巍巍地把一辆做工精美的法拉利车模放到了宁律师的墓穴里，还说了一句话："他这一辈子，就是喜欢瞎玩。"

宁律师去世之后，我继续负责他生前的所有客户。我在接下来的律师执业期间，每年都把这部分客户产生的业务收入，拿出一半给宁律师的家人。

　　我用五年的时间，逐渐把业务做到了北京顶级同行的规模。二十世纪九十年代最后几年也许是创业的黄金时期，只要用心对待客户，就有做不完的业务。举一个例子来说，因为早早离开学校，工作之初的文字打印工作就由秘书负责，我到现在都不怎么会使用电脑，也不会上网，但这并不妨碍我和一些客户一起潜心研究，促进和完善了在各种限制条件下让外资得以进入内地互联网行业的法律架构。泡沫中的相关业务越来越多。除了使用原先的宁律师团队之外，我还从我的大学同学和其后低一两届的校友里招聘了十来个人。因为招聘的人比较多，系里还给事务所发来传真表示感谢。显然他们并不知道，是一个被开除的校友对创造就业的机会起了作用。

　　从二〇〇〇年起，中国互联网公司赴美上市渐入佳境，一浪高过一浪。从美国资本市场的角度来看，这波中国概念网络股的蜂拥而至，可谓赶了个晚集，因为这些公司一上去就被搁在泡沫的顶端，辉煌大戏正要落幕，等待它们的是所有投资者被绑在一起的漫漫寻底之路。

　　但市场未来如何走，与律师业务无关。我们只是做这些公司在中国境内叠床架屋、扭曲拗口的利益输送结构，然后再装腔作势地调查和分析这些结构在中国法律之下的所谓风险，最后出具一份不知所云但把自己的责任推卸得一干二净的法律意见。虽然这项工作在整个海外上市项目里面，只不过是境外律师法律意见中引用的一个小段落，但每单业务如果最终成功，我们也能分到几十万到上百万美元不等的一杯羹。考虑到汇率，这样的单项业务收费，在当时的法律服务行业里可以说是一个天文数字。那两年我就专门做这项业务。

二〇〇一年，互联网公司的上市更掀起新高潮，每家企业都急着在盛宴结束之前大捞一把。不但市场上骗子太多，傻子不够用了，在我的律师事务所里，连律师助理都被项目追得团团转。业内有一个笑话，说的就是这种情况：把女律师当男律师使，把男律师当驴使。有时连我这个大合伙人，也不得不临时客串冲上一线，做一点鸡零狗碎的琐事，因为办公室里常常一个人影儿都没有，来个急事就抓瞎。有时我开着奔驰越野车在中关村和国贸之间奔波，仅仅是为了送一个加急文件。

在这样狼奔豕突的日子，你，以及我和你的爱情，渐渐被我用坚硬的外壳包裹起来，深深地埋在外人无法察觉的心底。我会在灯红酒绿之中想到你，在飞机旅行中思念你。在一些我毫无防备的生活瞬间，你都有可能蛮横地在我的脑海里出现，或者晃动在我的眼前，击碎我在政府会议上、在商务谈判中、在和女人调情时各式各样的心情。

有一天我在北三环上往西去香格里拉饭店，有一辆和你那晚开过的一模一样的旧军车从我左边一闪而过，切到我的车道前头。我心里一动，用力踩下油门追了上去，紧紧咬住不放，好像这样就能再次和你相见。我追着这辆车过了海淀桥，过了苏州桥，错过了每一个我应该出去的路口。一直追到公主坟，它右转开向复兴路，我仍然一路相随。在一个禁左的路口，军车左拐，我也跟着左拐。军车在万寿路南行不久，右转开进了总参大院。看着门口两侧警卫手里黑黢黢的枪管，我猛地惊醒，茫然不知自己为什么到了这里。我把车靠到立着"军事重地，一百米内严禁停放一切社会车辆"的大牌子下面，趴在方向盘上，痛哭失声。多年压抑着的泪水，溅湿了方向盘上的三叉车标。

一个交警悄悄把摩托车停在我的车前，走过来敲我窗户。我放下车窗，泪眼婆娑地看着他。胖交警看到我在哭，宽厚地笑了。"被军车别了吧？我一路看着你追过来。没出息的，哭什么啊，一个大老爷们。"他左右看了看，又冲我摆摆手，"没出事就好，快走吧。"

我木然地打了左转灯，掉头，从原路开上西三环，在滚滚车流中，回到我的现实人生。

无数个午夜梦回，难以入睡的漫漫长夜里，我费尽心机地设想着你眼下的人生。我有时猜测你可能已经学成回国，正在我们的学校里担任一门主课，身边仍然围绕着如同过江之鲫的男人；有时我相信你可能正和一位艺术家在纽约苏豪区同居，每天流连于现代艺术博物馆；有时我想象你嫁给了一位对中国一无所知的外国人，每天操着异国语言，和他生儿、育女，过着波澜不惊的日子。

所有的图景我都能够接受。我只需要你和我一样，在这个地球的某个角落里好好地活着，呼吸着。

你的消失同时带走了我对一切女人产生憧憬和爱意的能力。爱情在我逐渐成年的字典里终于一步一步还原成了女人和性，在我和你高贵而纯洁的爱情里没有体验过的一切，在失去我和你的爱情之后，通通得到了补偿。酒店套房，西餐红酒，天上人间，一夜缠绵，相忘不见。

灯红酒绿的北京，使我变成了一个行尸走肉的成功商人。有一句当时流行的话说，女人一生所经过的无非男人，这话反过来说也完全成立。几年时间下来，我经过的女人不计其数。只是，这里再没有朝思暮想，没有魂萦梦绕，没有撕心裂肺，没有牵肠挂肚。没有误解，没有相思，只有单刀直入、痛快淋漓的释放。

你

一九九六年的那封信，只不过最终印证了你从小就牢牢树立的对男人易变的偏见、对爱情不以为然的观念。出国前的那一两年所经历的奇幻梦境，在夜深人静的异国夜晚条分缕析，不过是"少女情怀总是诗"，也许是全然建立在自己对纯情少年想象的基础上。遥远的距离，异乡的风土人情，校园里宿舍、图书馆和教室之间日复一日的读书生活，在你和中国、北京及他之间筑起了不可沟通的高墙。他那封自以为是的绝交信，充其量是这堵高墙最顶上一片刺眼的琉璃瓦。

你在墙外，生活在继续。

父母一天一天年纪大了，他们在同时代的人群中，过的是一种另类人生。但随着岁月的流逝，他们难免也和其他人一样，对你或隐或显地提出了人生规划的建议或期望。核心就是一句话：你能不能结个婚，过上个平常日子？妈妈有个翻译同行业的前辈，早年因海外关系屡遭不幸，一九七九年国门一开就移民美国。她有个生于六十年代中期的儿子，他在父母当年的流放地甘肃上学到高中后，也随父母移民到了加州。在你初到斯坦福大学的时候，他奉母命，对你非常殷勤。那时候你忙于适应海外新生活，也忙于和北京的他持续或热或冷的远程恋爱，慢慢地两人也就不再经常见面。

这位大哥哥一直没有成家，成天忙于他视为战场的风险投资业务。钱应该是赚了不少，但由于资本市场搏杀过度劳心，头发都快掉光了，只好剃成个光头。二〇〇〇年他才三十五岁吧，相隔很久再次见面，你看着他倒像一位五十来岁的长辈。

那次重新见面是两位母亲推动的结果，但你浑然不觉。慢慢地你和大哥哥就开始有规律地吃饭、打球，在一号公路上临海兜风。最长的一次相处，是他带你去黄石公园露营。因为怕熊，你同意和他待在同一个帐篷里，你估计他会做到秋毫无犯，多个夜晚的相处证实了你的判断。

妈妈在这一年的年底突发脑溢血去世了。你回京奔丧，悲怆于没有在她生前完成她的愿望。恋爱、性、婚姻，本来都不是什么大事，为何你要如此执拗，让爱你如斯的妈妈抱憾离世？你没有失声痛哭。你想尽各种办法，让失魂落魄的爸爸能够重新找回生活的勇气。这时你已经博士毕业，留在斯坦福大学图书馆工作。

你请了长假，在北京待了两个月。那段时间，你成功地使十八年前被自己用菜刀挥走、其后一直独居的阿姨回到了爸爸的身边。现在你成了爸爸的家长，而家长对孩子的宽容和体贴，总是远远超过孩子对于家长。

临走时你对着妈妈的遗像说：我回去就和大哥哥结婚，你放心。

我和你

我清清楚楚地记得那是二○○一年的中秋节。那年八月底，纳斯达克市场短期触底，随后两个月上攻幅度达到三成。本来都休眠消停了一段时间的招股上市活动再次被市场激活。这种短期的市场运动给所有中介机构带来的压力是金融圈外的人们无法想象的。

十月一日，中秋节，正值国庆长假。我的手下早早就定好了出国休假的行程，这时要么已经在普吉岛晒破了皮，要么就是在飞往瑞士的飞机上打盹儿。我喜欢并支持年轻人在辛苦工作的同时还能有忙里偷闲的生活。虽然我自己当时年岁也不算大，但重任在肩，要盯着北京一摊子事，想出门去玩却走不开。九月股市连涨一月，有几个休眠项目就复活了。我不忍心搅乱同事们早就憧憬的长假计划，只好抓住一两个没订机票的倒霉蛋，亲自扛起女律师、男律师和驴们的全部工作。

这天也是一样。我下午三点半要亲自去中国大饭店找一位拟上市公司的董事签字并见证，然后要把这份材料和其他文件一起特快专递到香港。项目我事先并不熟悉，一直是手下一位律师在负责，好在这种业务都是境外投行指哪儿我们打哪儿，不用自己动脑子琢磨。

我准时来到中国大饭店大堂的阿丽雅酒吧，点了一听苏打水坐等客户到来。

手机响了，我抬头张望。突然间头晕目眩，不能呼吸，眼前的整个世界都旋转起来。

来人是你。我要找的签字董事居然是你！

文件上打印了一个英文名字，后面跟着的，确确实实是你的姓。可你的姓氏是那样常见，我怎么会联想到那是你现在的名字。

我涨红了脸，我手脚麻木，多年来不曾有过的狂热心跳，不知从哪里复活，吞没了我。我挣扎着站起来，呆若木鸡，那种耳朵只听见自己血液流动的感觉全部重现。

你看到我时，也待在原地无法前进。

你来北京开一个国际图书馆的会议，就住在这家酒店。爸爸开始了新的生活，你觉得住在家里有些难过。

先生安排你担任这家公司的董事——公司太多，董事不够用了。你有印象今天是要见一名律师，签个字就走人。你不知道律师事务所和律师的名字，投行只告诉了你时间、地点和手机号码。我们在分隔七年、"绝交"六年，音信不通两千多个日日夜夜之后，就这样经由一桩凡俗的生意推动，突然重逢。

你定了定神，过来在我对面坐好，安静地看着我。和所有久别重逢、互相怨恨的恋人一样，我们四目相对，看着眼前这个不可思议出现的人，同时哭了。眼泪就那样静静地流着，没人动手去擦拭。你还是那个你，我还是那个我。经过这么多年，我们交会的眼神完全没有改变。

　　谁也没向对方发出问候，谁也没解释自己为什么出现在这里。在眼下这个命运安排的相逢里，不需要更多的问题。我们就这样呆呆地相对坐望，谁也没出声。

　　你把我面前的文件移过去，在你的名字上面签了字，又从包里翻出事先准备好的护照复印件。"嗯，你先把这个处理掉吧。"你已非当年活泼跳跃的女孩子，现在你风度优雅，大气从容。

　　我打电话叫一个正在附近忙活的小同事，说我有急事，要他把手头不管什么事都先放下，来把我这里的文件取走并处理好。一会儿工夫他就到了，看到客户如此美貌，这家伙还不怀好意地做心照不宣状对我挤了下眼睛，被我狠狠地剜了回去。他和客户打了招呼，拿着文件匆匆离去。

　　我们在那个海子诗会的夜晚初次相识相知相拥以来，第一次平平静静地面对面坐在一起。

　　"我结婚了，这是我先生投资的公司。""我，嗯，我……也结婚了。"我一撒谎，心里就开始刺痛。"哦，那可真好。""是。跟谁过日子可能都是一样的。你说对不对。""可能吧。"你有些黯然。"我妈妈去世了。"过了一会儿你又说。

　　"嗯。""爸爸还在北京，和阿姨在一起。""嗯。"

长久的沉默。

酒吧里人来人往，不时有人和我打招呼，我不得不挤出笑容，并向来人介绍我不能自圆其说的客户。有人落座后还不时往我这边看。我想这样沉默相对地坐在这里，的确有些怪异吧。"你有小孩儿了没？"你问。

"没有。你呢？"

"没有。"

时间过得真快。我们这样坐着望着对方，不知不觉已经五点多了。心中千头万绪，不知从哪里说起。好在现在我们不着急了，可能你并不知道，我真的愿意放弃手头所有的事情在这里陪着你，直到你不得不离我而去。

你拨了一个电话："爸，我晚上有事，不能回家吃饭了。你们好好过节，别管我啊。"然后电话那头说了句什么，你补充说："嗯，我知道了，我会很开心的。"

假如我们人生初见时能有这样的时间和空间，假如……我想振作起来。我说："今天月亮圆，我们去山上看月亮吧？"你点点头，顺从地跟着我走出中国大饭店。我的越野车轰鸣着从三环飞驰到八达岭高速，在上山的爬坡路上超越了一辆又一辆负重慢行的货车。车前的远光灯在夜色中照射出去很远，车窗外的天空越来越蓝得深邃。车载收音机里是北京音乐台吕游主持的节目，正好播放着一首老歌：

我发现失去一个很重要的东西

那一年我想要认识你的一种勇气

它让我毫不畏惧地告诉你我的感情

如今害怕地思念着每一个过去

失眠已占据了你走后大部分的时间

不然这个时候我应该在你的房间

看着你写给我的第一封和最后一封信

如此的转变用了四年三个月又七天

············

勇敢是我今天再也无法面对的事情

因为面对了勇敢记忆就会没有你

我的虚弱一直提醒着照顾自己

当初如果照顾好你

现在也不会被自己放弃

我试着勇敢一点

你却不在我身边

我的坚强和自信

是因为相爱才上演

我一定会勇敢一点

即使你不在我身边

············

　　突然的重逢，和这偶然袭来的歌词，让我内心僵硬了多年的
情感外壳完全崩溃。我双手把着方向盘，两眼泪流不止。我努力

在泪水中分辨着前方山路的一个又一个弯道。你伸出左手，温柔地牵过并紧紧握住我的右手。手心很快就湿透了，和当年在校园湖畔的丁香花丛后一样。

我从水关长城路口开出高速，冲进一条山谷里的小路，七拐八拐，开上了半山坡。四下里人迹全无，寂静的夜色下，山峦、长城、深秋里繁盛的野草和树木包围着我们。

又圆又大又亮的月亮下面，只听到秋天的虫鸣，和我们彼此的心跳。

我们都见过无数次月亮。那夜的月亮是我们有生以来见过的最大最亮最圆的。在偶尔飘过的云朵映衬下，这轮专属于我们的明月，时而泛出蓝色，时而羞成粉红。我们在月亮照耀下拥抱，我们在月亮照耀下亲吻，我们在月亮照耀下竭尽所能、无休无止、贪得无厌地感受着两个生命的交融。

这是二○○一年的中秋。我二十八岁，你二十九岁。

我

那个十月是互联网公司上市的最后狂欢，或者说回光返照。当时我亲自去做见证的公司，最终没有赶上纳斯达克的这波反弹，上市未果。

律师事务所过去数年创收连续翻番，我们这家本来名不见经传的小事务所，短时期内成了业内的明星。同行间开始有了一些赞美的传说，主管司法局也有意栽培，要从所里推荐一名市政协委员。虽然事务所的业务都是我带动的，但在律协和司法局这个层面上，我从来不参与任何官方或半官方事务。

我的两个合伙人为了上面抛出的骨头开始明争暗斗。争取我的支持，是他们彼此战胜对方的唯一法宝。他们轮番到我办公室来做工作，并安排了各种各样的饭局请我去参加。有一位竟然找了刚刚走红的小歌星来陪我玩卡拉 OK。

我于二〇〇二年初退出了这家事务所，并且永远地退出了这个行业。

从一九九三年被学校开除那一周，我在宁律师的提携下进入律师行业，到二〇〇二年，正好十个年头。我把一间名不见经传的小所，培植成单一业务的业内标杆。我选在这个行业的顶峰功成身退，让合伙人们去争抢崛起之后世俗的荣耀，是令大家都非常愉快的多赢选择。

其后十年，我做了这些事情：

我联合几个朋友，创立了一家房地产公司，专做高端的小型公寓楼盘。从朝阳公园西路到万柳，我们拿到了几个很小的地块，但取得了巨大的收益，尽管我们的房地产公司寂寂无闻。

二〇〇五年，中国股市哀鸿遍野，本着拯救苍生的目的，我把所有的现金全部投入一家勇于探索股权分置改革的工程机械类股票，一拿就是六年。

股票上财富增值的零头，远远超越了我此前参与过的所有商业活动的收入。二〇一〇年，我放弃了商场上的所有生意。

因为政府对经济的宏观调控，使企业家们感觉到左边一耳光、右边一棍子，很多业界大佬心灰意冷、赴美游学。我虽已孤身游历了很多国家，但由于我当初的大学生活只维持了两年半不到，其中一年还是被军训占据，因此我对国外的大学一直很好奇。加上心里那个随着岁月流逝越发浓郁的心结，使我仿效他们，来到美国。他们大多去纽约，我来到加州。

在美国这一年，我重拾了近二十年前阅读英文小说的习惯。我的英文水平惊人地恢复到了大学一年级时的鼎盛状态，读书神速，一目十行。但毕竟年纪大了，当年崇拜的伍尔夫和博尔赫斯的经典作品看着容易犯困。十年的律师经历后，现在最吸引我的是描写当代美国社会的长篇小说，比如约翰·格里森姆过去二十年写的法律小说，像《律师事务所》《合伙人》《当事人》《聘用律师》等。这家伙把这个行业写全了。

但读书并非我在游学期间最重要的活动，甚至并不是我来到美国的真正动机。

在阳光灿烂的季节，我开车或步行，走遍了旧金山的湾区、大学、渔人码头、市中心的街头巷尾。晃悠了整整一年，没有一次机会，使我能够偶遇我日日夜夜不能忘怀的你。如果有机会再次相遇，我不知道自己会不会重复说出那天听说你已经嫁为人妇后脱口而出的结婚谎言。

其实，只要我简简单单地拨通一个电话号码，立刻就能找到你。但每次当我从手机上翻出你的号码，良久之后，总是再一次把它轻轻消去。

你

那年中秋之后回到美国，你发现自己怀孕了。白天医生断定你怀孕的事实，晚上你就和先生提出离婚。先生从来不碰女人。你答应跟他结婚，是为了兑现妈妈的遗愿，正好他也借此安慰自己的老母亲。这个两全其美的游戏本来可以持续下去，特别是你听到北京的他亲口说出自己已经结婚成家的消息。

但你有了和他在婚姻之外的孩子，情况就大不一样了。你不想忍受自己的孩子一出生就面对着一大堆的虚假。

离婚很顺利。前夫的资产在"9·11"后严重缩水，但恰好你是个完全不在乎物质的人，婚姻维持的时间又短，你坚持自己净身出户。

女儿出生后，你逐渐从图书馆的工作中抽身出来，全身心照顾这个来之不易的小亲人。她这个小人儿，是你和他的爱情留给你的唯一信物。你没有像其他华裔移民家庭那样注重中文教育，比如送去双语幼儿园什么的。事实上，你甚至不让孩子接触中文。十年时间，你和孩子交谈用英文，写作用英文。你想远离和中国有关的一切。爸爸和阿姨的晚年生活很幸福，你逐渐也就彻底放了心。回北京探亲也从半年一次改成一年一次，后来两三年才回去一回。为了躲开加州人多嘴杂、和国内一样竞争攀比的华人社会，你搬到西雅图，在华盛顿大学找了一份清闲的工作，住在一栋临水靠山的公寓楼里。

孩子逐渐长大，你开始把空出来的时间全力投入写作。你接受的英美文学教育，以及你对自己所成长的转型中国的独特观察，你令人惊异的英文表达能力，使你成为美国文学界一颗冉冉上升的新星。你用笔名发表的作品，近年来屡获各种写作奖项。你的短篇小说经常登上《纽约客》，长篇小说则在美国、英国分别出版，受到追捧。但由于你作品的视角和观点，你的文学作品从未被正式引入中国，你的成就在中国很少为人所知。

女儿十岁了。你和女儿的关系，比当初妈妈和你的关系更加紧密，更加透明。随着女儿一点点了解世事，她好奇自己的身世，问到爸爸在哪里。你开诚布公地对她讲：爸爸在中国，有自己的家庭；爸爸很聪明，人很好；有一天，你们会相见，你会喜欢你的爸爸，像当年的妈妈一样。因为你的爸爸和妈妈彼此深爱对方。

二〇一二年是中国龙年。元旦前，女儿有一天回家，絮絮叨叨给你讲述她从圣诞派对上学到的中国文化，包括她当天学到并努力画出的几个歪歪扭扭的汉字读音。你突然心里一动，你打算带她回北京过年。

我和你

回国半年了，除了参与一些家乡的公益活动，我几乎不再和这个社会打过多的交道。偶尔约个朋友聊聊天，听的全是他们在网上看到的段子。我因为从来不会也没有兴趣上网，现在和这些手持移动设备的人吃饭，看着他们全都埋首于小小的手机屏幕忙碌，觉得也很糟心。但如果我一开口和他们谈及时事问题，所有的人那种避之唯恐不及的态度，让我自己陷入更深的尴尬。

我独自住在朝阳公园西门的一处公寓里。自从那个中秋节之后，我从未带过任何女人回家。十年的简单日子，我过得像一位在家修行的居士。你送我的凡·高画册，是我书桌上十年不变的风景。

这样也蛮好。

快过春节了，我步行去蓝色港湾的单向街书店，找几本书，准备过年时带回老家看。现在回老家过年，父母和姐姐哥哥们也不再提婚姻大事了，可能猜测我有什么毛病。我大学时被开除的历史，全家没有任何人知晓。他们都以拥有我这个儿子和弟弟为荣，虽然有时还抱怨我浪费了状元的出身，怎么也不在外面当个官儿什么的，好罩着全家人在调动工作啊、职称评定啊这些人生大事上不受欺负。但这样的话题也就是大家乐呵一下，没人认真。过年时大家聚在一起，家人们都带着孩子在县城里热热闹闹地四处串门。他们出门后，我正好在家里看书，和在北京的生活状态一样。

书店的门口立着一个印制精美的牌子，老远看见，我就知道又是什么读书沙龙。走近一看，我眼前如同闪电划过，差点站立不稳。

是你。你在这里。你在这里。

牌子上是你的大幅照片，文字说，这位著名的美国华裔作家今天在这里，和她为数很少的中国读者见面。

我和你

就在今天。就是现在。就在楼上。

我脚步发软，神魂颠倒地顺着转角楼梯上到二楼。在人群的最里面，我看到这个我一生一世最不应放手的女人，正端庄恬静地坐在那里，用英文对着一屋子人轻声慢语。

一个长相和大学时代的你一模一样，只不过尚显稚嫩的小女生坐在你身边，在一台苹果电脑上飞快地敲着字，似乎在给你做速记。

我找了个角落，端端坐好，屏住呼吸，听你讲课。

这一年，我三十九岁，你四十岁。恍惚之间，我感觉岁月倒流，我们一起回到了军校的英语课堂上。

浮世独白录

谢廖沙

我叫谢廖沙，但不姓谢。我家在呼伦贝尔的室韦，过一条河就到了俄罗斯。十几岁时，每到夏天我们最开心的事就是坐在河边看对岸的俄罗斯女人在河里洗澡——离开老家到北京混，已经十几年了，我还是保持了这个爱好，不过现在是在雅宝路的夜总会里看。你猜对了，我是俄罗斯族的中国人，但除了真正的俄罗斯人和我老板，我在北京认识的人没有几个知道这个，因为我和别人只讲俄语。在北京这样的大城市里当个老外挺滋润的，每天都有好吃好喝，居委会也尊重。如果暴露了真实身份，承认我是一个来自东北的乡下人，恐怕就没这么好混了。

北京雅宝路你知道的吧，以前很多俄罗斯人在这里，从北京往俄罗斯发货。我们公司的业务就集中在这一平方公里不到的地盘上。以前业务多的时候我们几十个人手都忙不过来。同事们有的负责在中国银行北京分行的门口倒卖外汇，有的帮人押运货物，有的在马路边上私自画线收停车费，有的在夜总会看场子，有的负责向附近高档餐厅独家供应海鲜。肯定还有很多业务我没听说过，或者听说了也搞不懂。

李刚是我们公司明面儿上的老板，还有其他一些我不太熟悉的老板，平常不在公司，分钱时才来。我是李老板的跟班，平常他到哪里，我就跟到哪里，往他身边一站，一句话都不用说。有需要时，老板喊一声："谢廖沙！"我就往前上一步，右手往腰间一摸。老板再一摆手，我咕哝一句俄语再退下就是了。这可不是做戏，因为我腰里天天别着一把枪。以前我还不是很忙，由于夜间活动多，白天经常可以睡到下午两三点才起。这些年由于往俄罗斯发货的人少了很多，公司业务越来越萧条，眼看着人都快走光了。要不是附近几个夜总会还需要人手，我觉得老板自己都要卷铺盖走路。

公司业务萧条，老板自己都天天跑东跑西，我也不好意思再偷懒，天天起早贪黑地陪着他四处奔波。由于老板刻意拿我当一个俄罗斯人，内心的话也就不多对我讲，对我来说倒落个心里清静。据我观察，公司现在的业务多少有点儿危险，能不知道细节最好。我唯一的希望就是找机会挣一点钱，不用太多，二三十万元就够在我们镇上买套房子，娶个老婆，把下半辈子安排好。我不想一辈子在这异乡扮演"俄罗斯保镖"。

李刚

这年头，生意越来越难做了。从一九九二年来北京，到现在已经二十年了，早些年不但生意红火，挣的钱也特别经使。好的年景流水能过千万。我们这生意，不用付房租也不用缴税，两三成用来打发手下的马仔，余下的六七成都和张哥他们几个合伙人分掉了，每人能分个百八十万呢。如果你现在才来北京闯世界，可能觉得百八十万算个屁啊，随便一套五环外的房子都得四五百万。但十几年前事情不是这样的，我们哥儿几个基本上每年都能在三环买一套房。

这么快就说到买房的事情上来了，真是烦。我现在是深陷房地产不能自拔。十几年来，北京的房价从一平方米两三千块一路涨了十几倍，买上一套房子，一年后房价的涨幅就顶上我辛辛苦苦做这刀口生意赚的分红。卖旧买新，卖小买大，后来又用上了按揭，到二〇〇七年时我名下的十来处房产买入价加起来有三个多亿，当然这其中的本钱有一半是张哥的，而且我背着的贷款更是比本钱还多——那两年款也好贷，给银行编一套手续，随随便便就能给八成按揭。我和张哥合计了一下，就把早些年买的、现在户型格局外观都拿不出手的普通旧房子全部出清，在国贸桥附近拿下了几层高档公寓。当时想的是这些房子一两年后再按老规矩涨上去一两个亿，我们就全部脱手，大家都退休养老。反正张哥在警队的职务也升不上去，一直在琢磨办个内退来北京养老抱孙子，我这雅宝路的买卖也早该关张了。提心吊胆这么多年，这日子我过够了，也想早点衣锦还乡，在老家当个地主。

张哥是我在部队时的领导，我当兵的时候他当到排长，后来其实也就爬到个副连就转业了。在部队时张哥天天起大早，给团长挤牙膏。大家背后都嘲笑他，但后来我发现如果提干当了军官，转业时就比战士退伍强无数倍。要不，怎么他回到老家就能进公安局搞治安，我却只能在北京赤手空拳"创业"呢。

张哥在我刚刚开始摸索业务类型时对我很照顾，亲自来了北京好几趟，帮我建立了一些地头上的关系。其实后来我也不需要他帮忙了，因为他介绍的那些关系退的退、关的关，没几个能用得上的。我后来全靠自己机警，才在风口浪尖上一直折腾到现在。

不过呢，我这人在江湖上混，讲的就是个义气。生意里有张哥的一份，从来都按老规矩办，挣多多分，挣少少分，从来没有反悔过。张哥公务在身，分的钱也没地方存，其实还是放在我这里，我全都给他打理在房地产上。

怎么又说到房地产？

现在看见"房地产"这几个字我都想吐。政府年年宏观调控，各种手段，咱们老百姓听着都头大，说白了就是硬要房价不能涨，也不能平，只有降下来才肯收手。我和张哥几年前十万元一平方米买下的豪宅，现在六七万都不好卖，银行每月的按揭户头还要存上百十来万还款。我觉得非常对不起张哥，如果我顶不住，把这些房子一口气给平掉，可能刚刚够还贷款，我们自己的本钱就算打水漂了。这账不能细算，一算我都想猛灌一瓶茅台，然后从那栋七八十层的高楼顶上跳下去得了。

但我不能这样做，过去这些年天天刀口舔血，不能到了儿就死在一堆债上。手底下毕竟还有一些弟兄要靠我生活。生意不行了，这些弟兄没嫌弃老板，老板也不能就这样撒手不管。即使贩白粉，我也要把这一段艰难日子给扛过去。

张哥知道我日子难过，基本上电话也不来一个了，估计是怕给我压力吧，我遇事只往好处想，把人全往善处猜。我们之间由于生意上的关系，这些年基本都特意不大见面了。偶尔电话联系，张哥也使用了专门的技术手段给隐藏起来。除了我们自己，和几位散在边远山区的老战友，这世上根本没其他什么人知道我们认识，更不要说知道我们是生意上的合伙人了。

但今天我接到了张哥的电话，他要我晚上去廊坊和他见个面。他一路自己开车北上，我猜是出大事了。

张哥

姚丽这些天快把我逼疯了。

和她好了十几年，眼看着她一步步从清秀淡雅的电视台出镜记者变成孤单寂寞的留守女人，近来更是陡然成为风姿绰约的富婆。她对我而言一直都是一个骄傲甜蜜的小秘密。虽然已经难得有大把时间相处，但只要有机会在一起，她在我身边总是显得那么洒脱开心。不过，自从上个月她发现她老公正在有板有眼推进的密谋，姚丽在短短几天之内颜色尽失，形容枯槁，让我看在眼里，疼在心上。

我刚转业进公安局治安大队那会儿，天天都是参与处理一些鸡毛蒜皮的街头事件、家长里短。那年除夕，大过年的，我们接到报警，说是一个小区出了命案。我们赶过去时，发现事情起因是婆媳争吵，婆婆把刚刚从外地赶回老家过年的媳妇，用刮鱼的刀子把脖子给割了。媳妇送进医院没救活，我们当场抓捕了婆婆。由于儿子、孙子都外出了，没有旁证，到底是失手误伤还是故意杀人，我们刑侦的同事没有办法确定。婆婆年纪又大，不好上手段。最后还是由政法委拍板，公检法内部经过协调，按过失杀人罪名处理了案子，判了婆婆七年。媳妇娘家不服命案被这样轻松发落，摘法院牌子、堵公安局大门，把事情搞得特别大。电视台安排姚丽盯这个案子，那段时间，她就成天泡在我们局里。一来二去，我们就熟了。我知道她爸爸是本地城建局局长，老爷子安排她去电视台工作，一来是她喜欢出风头，二来电视台信息灵通，官场有事能用得上。

认识姚丽时我们都已经结婚，她老公周寒也是地方上的干部子弟，还是个才子，中学时代就在校园文学杂志上发表过作品。姚丽上学时喜欢有才华的男同学，两人很早就偷偷泡在一起。因为门当户对，两人的婚事没费什么周折就获得了双方家长的认同。

周寒成年以后发现，社会上全民文学的时代已经过去了。写诗不但不能扬名立万，连养活自己都难。他用了很长时间认清了形势，却又一时矫枉过正，正经文化局的科长也不当了，直接下海开始折腾文物字画买卖。由于生意多年一直没什么起色，人也因此显得不大精神，天天靠喝酒打发光阴。有一段时间干脆连人都不见，说是去北京发展了。姚丽跟到北京去看，发现老公并没有什么实际的生意，就是和一批过气的文人天天聚会，喝酒吹牛。

家里日子不好过，姚丽喜欢向我倾诉。不知道是才子看腻了，还是因为我特别老成持重，总之她居然和我好上了。我自然是满心欢喜。我当兵从警十几年，绝对是一个男人堆里的大老粗，除了在管区的发廊酒吧里占些女人的小便宜，怎么可能设想自己会有这么一段女人缘。但事情就是这样发生了，突然一夜之间，有这么一个温香软玉的美女拥在怀里，人家对我还别无所求。半夜梦回，看着身边熟睡的女人，我也感叹这人生的奇遇。姚丽常年四季就一个人过，倒显得我有两个家。警局的工作本来就不规律，还有保密性，外出不用事事向家里交代，我和姚丽的婚外小日子也就安排得稳妥、融洽、有滋有味。

这样的神仙日子过了几年，突然周寒从北京彻底回来，而且把生意一下子就搞大了。

姚丽

作为一个女人，我本来对生活已经没有抱什么大的希望。年轻时我一度以为，嫁给周寒，轻舞飞扬的才子佳人梦，就算真真切切地实现了。

高中时代的周寒才气逼人，出口成章，七步成诗，是全国同龄文学青年心中的偶像。而这个偶像，居然就住在我家隔壁，天下再也没有这么让人心旌摇荡的缘分了。在我们的婚礼上，和高大帅气的周寒携手穿行在宾客中间，我能感觉到所有人对我们的羡慕和嫉妒。

我真正觉得整个人生就是浓得化不开的蜜。

当时我没有想到，人生就在那一刻达到了顶点，而我当时却以为，幸福正要刚刚开始。

女人真正认识男人，往往是从结婚开始，这道理我以前也懂，毕竟看过那么多琼瑶、亦舒。我懂得在婚后收敛自己的小性情，做个全心全意仰仗男人的小女人。电视台的工作很清闲，我就把大量的时间用来支持周寒的事业。我希望看到他在年少成名之后中年再成大家。他要写作，我就包揽所有家务。他要上网搜集信息，我就托关系给他买最新款的笔记本电脑，并自己跑电信局给他开通不限流量的网络服务。

我不愿让保姆去给他做这些事情。我愿意红袖添香伴他夜读书，然后夫荣妻贵，实现少女时代梦想的传奇人生。

生活并没有按照预期的方向发展。周寒婚后才思枯竭，日益沉默，两三年后和我已经完全没有话说。夫妻之间连例行公事都省略了。他再也没有写出像样儿的东西，对单位的事务性工作也逐渐觉得无法忍受。离开局机关之后，周寒利用过去的一些社会关系开始倒腾文物字画买卖，把我们过去多年靠工资攒下的一点家底都赔进去了。在我们各自的大家庭里，我们小两口已经成为双方家长和兄弟姐妹眼中的笑话。这些年社会变化大，兄弟姐妹们借势要么成了实职官员，要么成了大款，我和周寒越来越没法和大家见面，逢年过节的家族聚会也成为最让人头疼的事情。

我不知道周寒每天出去都在和什么人鬼混。他天天半夜才回家，或者干脆不回家，我逐渐司空见惯，见怪不怪了。我也懒得理他。但毕竟是夫妻一场啊。有时他半夜醉归，狂呕乱吐，我在替他擦洗收拾时仍然隐隐有心痛的感觉。本来我觉得自己快要撑不下去这样荒废着自己的日子了，张哥却不迟不早地闯了进来，让我重新有了做回小女人的感觉。

年少轻狂时的少女之梦，如果终结在这样一段见不得人但又幸福充实的现实关系上，想想也许并不见得有多坏。每天大街上川流不息的人群里，每个人都有自己的故事，我这个可能并不是最荒诞的一个。

周寒

北京的房地产开发生意真是火。眼见着我原先的同学朋友某甲某乙，在家乡混不下去跑到北京，东挪西凑了一点本钱，又贷了些银行的款，搞了这里那里几块地皮，突然就全都暴发了。

我当年作为干部子弟、青年才俊，这些人何时入过我的法眼。没想到我来到北京举步维艰，每天的迎来送往，都得靠这些朋友帮衬。在北京连一些网友间的大规模文学聚会清谈，我都得事先说好，请这几个牛哄哄的房地产开发商来参与捧场、结账。他们在席间神采飞扬，自然成为话题的焦点，一帮平时眼高于顶的文人，在金钱面前全部失去了风采，只剩下酸腐。

我知道姚丽在老家过着自己的小日子，只是不愿戳破而已。一方面呢，说实话这些年我也没闲着。和姚丽背后有人一样，我在北京也有红颜知己——天下的夫妻，幸福的，可能各有各的幸福，不幸福的可能全都是这样明明暗暗过着日子的吧。另一方面，我也看清楚了，还是得回老家做房地产，趁着当地市场还处于朦胧状态。而要做这门生意，就少不了要开口求姚丽的娘家帮忙。

老岳父似乎对我整个人都失去兴趣了。和他说话，老人家眼皮都不抬一下。我跟他讲了北京是怎么开发商品房的，市场有多么火爆，他看上去快要睡着了，一直眯着眼睛。我快要没词儿了，他突然睁眼看着我，说了一句："你只要和姚丽好好过日子，我支持你搞这个房地产开发。"

我心里一惊，看来老爷子什么都知道。

我从北京的朋友处借了一些钱，不多，房地产公司就开张了。在当地，这还算是开了风气之先。本城一直都是各单位自建房产分给职工。有的单位没钱，就先从职工及一些外单位的关系户那里集资盖房子，然后按约定的方式分配到参与集资人手上。在我介入市场之时，还很少有直接面向市场的房地产开发商。

我没想到，岳父的支持力度居然很大。我很快就拿到了一块未来预期很好的地皮。拿下这块地时，四周荒凉一片，价钱自然也非常便宜，几乎和白送一样。由于本地没有大盘开发的先例，周围的人无不嘲笑我在做傻事。知道这地是岳父特意安排给我的朋友们甚至说，这是因为我对姚丽不好，老岳父在报复我。我听了心里只是暗笑。

拆迁时遇上了一些麻烦，姚丽听说后，请她的"张哥"出面，当场就把那些闹事的农民给轻松摆平了。在答谢张哥的酒宴上，大家都喝多了，我和这位张哥还合唱了一首臧天朔的《朋友》。唱到"朋友啊朋友，你可曾记起了我？如果你有新的、新的彼岸，请你离开我，离开我"时，大家感动得眼泪都出来了。

我恨不得当场一刀捅了这个天天睡我老婆的男人，但我没必要这么做，因为我有更大的计划。

有地就能贷款。随着土地使用权证拿到手，闻到味道的银行就轮番上门来主动投怀送抱。我挑了几家条件好的拿了些贷款。虽然房屋销售还八字没有一撇，但我的公司和家里已经靠这些贷款迅速阔气起来了。很快我们就住进了本城最高档的小区，出入有车。姚丽也里里外外像换了一个人一样。当然她还没有到珠光宝气的程度，她不是那种人。

那天我在家里接到北京来的电话，虽然家里没人，我还是习惯性地走到阳台上去接。我和电话那头的人说，房地产项目所有报批手续全部完成了，这边不会再有麻烦，我打算把股权转给她之后，马上就办离婚手续，让她不要急。

打完电话走进客厅时我吓了一跳，姚丽不知何时回来了，正坐在沙发上发呆。

张哥

周寒密谋要把项目低价转给北京的情人，然后和姚丽离婚的事，是姚丽哭着告诉我的。这个项目，是她父亲一手和周寒暗中策划，由周寒先拿下地皮，然后局长在市长办公会上经过各种努力，使市里第一个获批的沃尔玛商场落户到地块西边，然后再把东边一块公共设施建设用地拿来安排市级重点中小学的搬迁。内部的运作基本上差不多了，岳父也以安排北边南边的其他地块给几位常委家人或身边朋友的方式，取得了市里几位主要领导的支持。

有钱大家赚，有肉大家吃，从古到今都是正理。

但地块即将因为这些运作而大幅升值的消息并没有走漏，大多数人还蒙在鼓里。周寒甚至都没有告诉姚丽，姚丽的姐姐听爸爸提起过，当时就非常眼红，有一次和妹妹吵架时没忍住，捎带出来了。

姚丽没有把这事和周寒捅开讲。她觉得周寒对作为妻子的自己都保持这么神秘，其中必有缘故，就多留了一个心眼儿。法制记者出身的她，几乎没费周折就发现了周寒蓄谋已久的秘密计划。

房地产公司的股权在周寒手里，也就是在城建局局长的家人手里。如果在这个节骨眼儿上转让，价格不可能太高。由于宏观调控的影响，媒体上天天都在唱空房价，大城市的房价已经从高点下滑三成都不止了，这个公司股权转让价格如果过高反而可能牵涉出大事故，影响市里很多事情的布局。但如果周寒平价把公司卖给北京来的人，收回的股款可能将将够还上银行债务，然后他再离婚，这样一种净身出户的安排，相比之下就堪称完美了。

将来有关地块规划的消息正式出来，那块地上的预期房价恐怕就能从五千涨到一万五，但这已经与周寒无关，与局长无关，也与姚丽无关。

想到周寒在经过一系列运作之后和情人相拥庆功的场面，想到届时那一切给自己和父亲可能带来的羞辱，姚丽在我面前无法掩饰，泪流不止。

她决意要阻止这一切变成现实。

那天姚丽突然说："我跟了你十几年，从来没开口求过你帮什么忙吧？"

我知道这个忙不会小。"你要我做什么？"我问。"你先答应我。"姚丽坚持。

看着她哀求的眼神，我郑重想了想，点了点头。"杀掉周寒。"姚丽淡淡地说。

我没有想到。

沉吟半晌，我还是答应了她。如果失去这个女人，用他们文化人的话说，我的生命将荒芜一片。

李刚

廊坊虽然是个小地方，但也有闹哄哄的酒吧一条街。

趁着天冷，张哥把自己从上到下包得严严实实，我差点儿没认出来。一路上我都对今天这次见面心里犯怵。毕竟，当初把我们两人做生意和炒房赚的所有现金，再加上两倍的杠杆，统统变成北京国贸桥几层高档公寓，完全是我出的主意。张哥从来不掺和生意上的事，他百分之一百二十地信任我，包括他自己的钱放在我这里，一纸凭据都没有。有时想想，这样的兄弟关系，能平白让人热泪盈眶。但现在，因为各种我无法预知和控制的原因，这事儿搞砸了。北京房价的下跌，使我们的本金已经付诸东流。但只要我每月按时向银行归还按揭款，只要房价涨回，我们迟早还是有一线希望回本儿的。

本来一度觉得炒房赚钱胜过贩毒，但现在我却恨不得通过贩毒来给房贷供款，人生何其荒唐。

如果张哥今天要谈的是这事，我唯一能做的就是让他暂时维持对我的信心。

"有人知道你今天和我见面吗？"张哥一坐下，就阴沉着脸问。吓我一跳。我很诧异地向他确认没有，我自己开车来的，司机手下全没带。"那就好。"张哥表情舒展了一些。

我们喝了一些酒。张哥话不多，事实上他几乎沉默着坐了一个小时。

后来我憋不住了，主动提出心头那件大事："张哥，房子……"张哥一摆手，不让我说下去。又坐了一阵，他端起酒杯说："刚子，老哥敬你一杯，有事相求。"我觉得有点儿恐怖，因为认识一二十年，没见他这么沉默、这么严肃过。

张哥要我做的事，是去他的城市杀掉一个人。然后，他在我这边的钱财全都一笔勾销，我们永生永世不再来往。开车回北京的路上，我心情非常轻松。车过了大羊坊收费站，我甚至边开边唱起了军歌。

姚丽

张哥说约的朋友已经在本城了，随时都可以办事。周寒这几天一反常态，在家话多起来了，拿着报纸就给我念中央文件，打开电视看《新闻联播》，一听到大领导们关于房地产市场的讲话，就忙不迭地接茬儿，跟我唠叨说这轮房地产调控政策真是一波比一波紧，我们的项目可能要砸在手里了。

我心里一直冷笑，但表面上装作若无其事。有次他说得我烦了，我直接甩了一句话过去："要不把项目卖掉算了吧，咱们这辈子可能就没那发财的命。"

周寒迅速接过我的话头说："我试试看吧，不一定有人要呢。这世道！"

这天一起床，他接了个电话，告诉我他下午要和北京来的买家去东盛大酒店接洽。为了显得郑重其事，还仔细告诉我约定会面的具体时间和包间号。

他一大早就出门了，说要去理发，以示对客户的重视。临出门又对我说："我四点半应能谈完，然后开车回来接你，咱们晚上庆祝庆祝。"

等他出门后，我打电话，把这些内容告诉了张哥："他四点一刻左右会在东盛大酒店车库取车，一切由你看着办吧。"

谢廖沙

老板这两天对我特别亲。每次应酬，都特意让我坐在他边上一起吃饭。以前我要么在包间里站在他身后，要么就是被打发到大厅去自己一个人吃。他很享受有一位呼来唤去的欧洲保镖的感觉，而我，也乐意装作根本听不懂他们在说什么，或者对他们所说的内容完全不感兴趣。

这么大的转变，倒让我觉得老板有什么大事要我去做。果不其然，有天我开车送他回家的路上，他开口了。

"谢廖沙。"他叫了一声，我看了他一眼。他又半晌没说话。过了一会儿，他直接用普通话对我说："你跟我去外地处理一件事情。处理好了你直接从那里回东北，不用再回北京了。"

我没说话，一直听着。我习惯这样。"去办一个人。事后我给你五十万，你回家去过安稳日子。"

这天回到住处，我顶上门，拉上窗帘，把从来没真正用过的手枪拿出来擦拭干净，然后出门开车到延庆的山里，对着一个雪堆试着开了几枪。

姚丽

离周寒和人谈完事的时间只剩半小时了。我有点儿六神无主。从幼儿园起与周寒一直玩到大，从十五岁开始暗中好上，二十出头就结婚，和这个人过去一幕一幕的场景在我眼前，像过电影一样挥之不去。

我浑身打战，心跳不已。我曾经真实地拥有这个梦中的白马王子，不过现在也同样真实地失去这个男人十多年了。和张哥在一起的夜晚，我是多么渴望周寒再也不出现在我的生活中。

现在他主动决定永远离开我了，我却要以最极端的方式阻挠他。

在屋里来回转了几百个圈之后，我再也控制不了自己的情绪。我打开今天已经关掉几十次的手机，使劲儿用发抖的手拨了张哥的电话。

张哥的电话处于关机状态。

我急得跳了起来，直接拨了110。我告诉他们，眼下在东盛大酒店有人要杀房地产公司的周总，请他们快去制止。

打完电话，我心里一直回响着一句话："我买凶杀人了，我要告诉张哥！我买凶杀人了，我要告诉张哥！"

这声音是我自己的，但它反复回响在我耳边，我根本控制不住，就任它反复循环，无法停止。

电话响起。

有人告诉我说周寒被害了。我听到自己仍然在对着电话说："我买凶杀人了，我要告诉张哥！"

张哥

安排好了李刚的行动后，我坐在办公室里，抽烟，喝茶，听同事们吹牛。

人生棋局至此，一切都是命中注定。我只希望今天诸事顺遂，什么都不再设想了。

我甚至都关掉了手机。

110 指挥中心通知我们出警时，我有点惊讶，怎么这么快！以我对李刚的了解，我和我的同事们赶过去，只来得及给死者收尸。本市不过是多了另一件无头案而已。

为了避嫌，到达现场的时候，我比刑警队的同事们冲得还快，我头一个冲进酒店地库，抢在头里，把大堆同事落下几十步远。

像电影里的情节一样，我看到一个外国人拿着一把铁锤，把周寒逼进车库的墙角。李刚拿着手枪指着周寒的脑袋。

再过三秒，再多三秒，情形就不是这个样子了。我后悔刚才冲得这么快。李刚和周寒同时看到我。两人同时异口同声地大喊"张哥"。周寒听到李刚的喊声，眼神充满了困惑。

叭！叭！

李刚和我都曾是军人。我们共同经历过无数次实弹训练和演习。李刚的子弹打中了周寒。

我的子弹打中了李刚。那个老外挥舞着铁锤想夺路而逃，被随后跟进的特警打成了筛子。走出东盛大酒店地库，我拐了一个弯，扶着一个花坛，没完没了地呕吐起来。没有人听见那天地库里的杀人犯喊我张哥。

整理者手记

周寒死了。

姚丽报警未能挽救周寒的生命，周寒的同事第一时间电话通报了噩耗，据说姚丽接听电话、听闻周寒死讯后就疯掉了。抓捕她的警察一敲开她家的大门，她就笑着说："我买凶杀人了，我要告诉张哥。"

后来的审讯中她反反复复就说这一句话，写的自供材料里也是这一句，重复满页。

公安局里的同事都知道姚丽和张哥关系好，是因为当年采访的关系。每次她来局里，都张哥长张哥短的，发生这么大的事情，急着要告诉和她最相熟的警官，也很正常，所以没有人深究这件事。因为她疯了，鉴定之后就被送往精神病院。

同案的两位凶手都死了，这件事后来只能封卷，不了了之。

张哥则因为当天奋勇出击，虽然未能救下被害人，但考虑到当时面对持枪犯罪团伙的危险性，三个月后，上级把他从治安队副队长这个他坐了十来年的位子，调到刑警队任队长。

本城的那个房地产项目已经在周寒被杀的当天签字易手。

项目后来直接开盘以每平方米一万五千元起售，北京来的女商人发了大财。项目封顶庆典时，她请了市里所有的大领导，公安局局长也在其中。局长拉着张哥一同前往。在饭桌上，张哥看到的传说中本城新晋首富，是一个长相和姚丽极其相似的女人。

而李刚和他的俄罗斯保镖，没有人知道他们被姚丽卷入这一起轰动本城的杀人案件的细节。

李刚名下的房产，全部被银行拍卖偿债。

米兰的饭局

1

石老板的燕鲍翅酒楼出售本市最贵的海味。比如说，一客鱼翅，在他的菜单上是4888元起。往上加料加量，价格就直奔98888元而去。别数了，是五位数，离六位数其实也不远了。他这菜价还有一个特点，就是必须年年涨价。因为来来往往的客人都要在他这酒楼包间里追求进步，菜价不涨，客人进步不了，伤了心，就很难再做回头客，也做不起回头客。

米兰自从春天"两会"时跟着老家来的一位书记见到石老板，到夏天为止，不知道已经吃了多少碗石老板的鱼翅。如果按明码标价来结算，恐怕够买一辆保时捷了。米兰已经习惯接到石老板的电话，一句浓厚广东口音的"你七了吗"，就是请她去吃饭的意思。米兰只要对着电话说"没呢"，十几分钟后，石老板的悍马就会威武地停在写字楼前。米兰在保安和过客的注目礼中袅袅婷婷地上车，再十几分钟后，车到酒楼，司机下车，跑步拉开车门扶米兰下车。米兰穿过两道身着高档旗袍、面容极为俏丽的咨客，再穿过整个酒楼大厅，到石老板用餐专用桌上跟他会合。

酒楼的一楼是开间，摆放着三四十张大餐桌，铺着本城最厚的桌布，每张餐桌的正中间都摆着每半天更换一次的鲜花。二楼三楼是各种包间，仿人民大会堂的样儿以中国各省地名命名。经过精心的设计，这些包间的出入口相互错开，保证不同包间的客人来去不会打照面。

米兰是海归建筑设计师，书记向石老板介绍她时，石老板眼睛一亮，当场讨要了名片，说是要进入房地产行业，可能需要高端人才启发新的设计思路。事后果然殷勤回顾，一再相约，一来二去两人就熟悉了。石老板生意大，心也大，约见米兰也不避人。他天天在自己的酒楼用午餐，一楼大厅入口斜对角最远的一张桌子尺寸较小，是石老板的专用餐桌。他每天中午坐在这张桌子前，背靠角落，检视大厅各种状态非常方便。在客人还没有到来的时候，空空荡荡的大厅里他一直都是一个人坐着，除非他请米兰过来一起吃饭。

每次招待米兰，石老板总是非常霸道。他从来不问她要吃点什么，全都事先安排好。基本上都是一小碟青菜，一客燕窝、鱼翅或者鲍鱼，一小碗米饭。燕鲍翅又有各种做法，细节米兰也不甚了了，因为她从来没有机会把菜单从头到尾翻上一遍。而且每次她在过来的路上，人家就把菜品布置了下去，她一来就能上菜。石老板自己倒是简单，每次米兰都只看见他吃半个木瓜。

他们之间就第一次单独吃饭时聊过两分钟建筑设计的事，然后话题就转到各种人生问题上来了。石老板对米兰的人生相当好奇，详细问她小学、中学、高考、大学、出国留学、回国创业这一路的经历，有时米兰回问，他也对自己妻子儿女各种家事直言不讳。聊了三四个月，双方在一起就相当熟悉了，在外人眼里宛若一对父女。

米兰虽然才二十七岁，但从上大学起便独自在外奔波，又加上在海外求学，各色人等基本上都见过，人生阅历已经相当丰富。很明显，石老板这是对自己有意。但他从来没有提到过什么事情，自己如果扭扭捏捏，岂不可笑？于是她这一路走来也是大方至极，有时间就是有时间，没时间就说没时间，见面吃饭听故事，也聊补江湖这门课。有时石老板会参与到客人的宴席中，不外乎是因为东家或西家是亲朋故交，作为地主，石老板陪坐一隅，介绍菜式，比较酒水，说点养生之道，使这跑官或者拉项目的饭局更具有一种家宴的温馨。自从米兰出现在石老板的人生里，她也就成为这些酒桌上的常客。这种饭局上除非你自己介绍，否则人家最多打听一句名号，不会问谁和谁是什么关系。米兰举止庄重，石老板亲切体贴，倒显得米兰是他真正自家小辈，没人往其他方面多想。现在有身份的人都注重健康，席间也没人劝酒。米兰回家再晚，如果懒得解释，最多也就抱怨一下加班真累，盒饭真难吃，男朋友小野也不会说什么。何况她经常回家时发现自己是一个人，小野大半时间都在出差。

由于饭局在中国人生活中的特殊地位，石老板在酒楼里足不出户，迎来送往三教九流，倒胜过组织部部长，从一个最微妙的角度结交了天下各色人等。每一次包间饭局，米兰的人生阅历都能被猛地往大拓展一圈儿。比如这天，石老板倒不是临时招呼，他提前一天就让米兰留出次日午饭的时间，说有一个她千万不能错过的神人会出现。见过省部大官书记，见过央行证监官员，见过教授明星，见过大款富婆，甚至见过重点中小学校长，到目前为止，只有"神人"这词儿还算新鲜。米兰上午就有点儿心痒痒的，但为了显得稳重，她故意没问中午的客人是谁。

<h1 style="text-align:center">2</h1>

饭局是石老板亲自做东的，就摆在中国厅。中国厅在二楼东头，走廊尽头是小桥流水，做成金水桥的式样，跨桥对面是一道对开铜钉大红漆门，进门又是一个小院，然后才是前厅、包间、后厨——很多食材要当客人面加工才能保鲜，大的包间都带着厨房。米兰在前厅坐了一阵，石老板匆匆赶来，说客人马上就到。似乎今天机会相当难得，一会儿工夫，来了好几位石老板的朋友，米兰有的见过，有的初次见面。大家的心思不在彼此身上，都在静静等候主客大驾光临。

主客身着便衣，在几位军人的簇拥下走了进来，身边照例陪着一位美女。米兰迅速打量了一下对方，便安了心。大家胡乱招呼着介绍着，石老板安排手下引导几位随行人员到隔壁小包间用餐。主厅里主客和美女坐定了上首，其他人也陆续就座。石老板介绍主客时用的称呼是"首长"，也没带着姓氏和具体官衔，等于没有介绍。但是除了米兰之外的其他客人，显然事先都知道"首长"是谁，都做心照不宣状，这可让米兰蒙在了鼓里。心里稍微有点不平，米兰就带着一种挑剔甚至挑衅的眼光来回扫描那上座的一男一女。

"首长"自然完全不动声色，那美女也是老江湖，只在初次眼神相交时微微一笑，其后再不搭界，不再理会米兰的审视。

米兰从来没有见过今天这顿饭的阵势。在其他饭局上，虽然也有主客之分、高下之别，但大家在桌子上刻意做出你来我往的样子，在下位者还有时故意做出逆龙鳞的姿态，博高官一笑。今天这一桌子的男人，"首长"叫得极其肉麻，一切话题，竭尽全力顺着"首长"的意，一句玩笑的话都不讲。主菜都上过了，米兰仍然蒙在鼓里，不知道"首长"到底是什么人，今天这一出究竟所为何来。这饭局如果就这样吃到散伙，米兰觉得自己会被憋出病来。

终于有一位客人，在用眼光征求石老板同意之后，打破了米兰的疑惑。他给"首长"敬了一杯酒，然后胁肩谄笑地说："要不，如果'首长'下午没有重要公务的话，就给大家露一手吧？"

"首长"颔首微笑，雍容地环视一周，把眼光落在米兰的脸上停了一停。然后又转头看着石老板说："难得石兄雅兴，今天正好大家也有缘相聚。"

石老板一听这话，一摆手，侍候在侧的小弟立即把事先准备好的东西搬出来。米兰看得分明，是一盒烟，几把金属餐具，几张餐布。都是石老板酒楼常用之物，和现在摆在桌上大家正在使用的物件一模一样，只不过是干净的而已。

"首长"拿过烟盒，从中抽出一支烟。刚点上吸了一口，就被身边的美女夺下，摁在烟灰盒里，娇骂道："不得了了您，怎么直接就抽上了！""首长"不以为意，哈哈大笑，又抽出一支，拿在手里神秘端详。这时，全桌子的人都屏息静气，没有人说话，连咳嗽都没有，气氛极为诡异。米兰觉得背上一阵发麻。

"首长"看够了，就用两根手指捏着那支烟，胳膊往前平直伸出去："三十多年前，我和老领导见第一面，也是先给他老人家看的这个……"然后手指一张，胳膊收了回来。那支烟没动，就在刚才手指捏着竖起的位置，悬空挂着。满桌的人，除了石老板和美女，当然还有"首长"本人，还算神色自若，其他所有的人，包括米兰在内，都呆若木鸡。

香烟在空中停了足足有一分钟。"首长"呷了一口茶，说了一句"嗯，差不多就是这个样子"，然后那香烟就直直落下，掉在桌面上。全桌掌声雷动，只有米兰没有及时鼓掌，她还两眼发直地看着那支烟。突然，她唐突地问了一句："'首长'您是魔术师吗？""首长"哈哈大笑。一桌子人见"首长"不以为忤，也随着狂笑起来。

石老板也不搭腔，得意地欣赏着米兰涨红了的粉脸。众人又是惊叹又是恭维，齐齐敬了"首长"一圈酒，连连谢道："'首长'辛苦了！""首长"也风趣，居然说："为人民服务嘛。"于是气氛一下子非常融洽欢乐。气氛好，"首长"也随和，手里随意拿起刚才小弟端上来的没用过的两把钢勺，一拧一拧地玩着。不一会儿，两把长柄勺子就像麻花一样紧紧缠绕在一起，留下两只勺头，放在桌子上像两头蛇似的。米兰起初没注意，等大家又一次发出惊叹声时才注意到勺子在"首长"手里柔软得像面条一样。她偷偷拿起自己的勺子试了试，发现根本就不可能弄弯。石老板酒楼里所有餐具都是顶级制作，钢勺无比坚硬。米兰想试试"首长"弄成麻花的那两把勺子是否与众不同。美女看出她的心思，便拿过来递给她："这位妹妹想仔细看看呢。"米兰接过勺子麻花，手感很沉，再用手去掰，也是纹丝不动。由于使劲儿，也由于出洋相，米兰又涨红了小脸。

席间有一人看米兰可怜，便开口介绍说："小米，你可能还不知道吧，'首长'就是江湖上只闻其名、不见其人的特异功能大师常玉生老先生。你一直上学留洋的，可能没听说过吧？"米兰今天连连受挫。她从小到大都是博览群书的优秀学生，理科状元，清华大学，麻省理工，哪里能想到，眼前这位表演的居然不是魔术，而是被"正规媒体"早就批臭了的特异功能。她嘴一撇，居然直截了当地回了过去："知道啊，这东西说穿了和魔术也没什么区别吧！"然后觉得自己失言，赶紧补上一句，"不过晚辈今天还真是开了眼了。"说完这句，仍然觉得自己的面子并没有找补回来，讪讪地僵在那里。

石老板脸上挂不住了，起来打圆场。他吓唬米兰说："小米啊，人外有人，天外有天。'首长'是我见过的高人中脾气最好的，但他也有个淘气的毛病。"说完看了"首长"一眼，接着对大家说："以前'首长'年轻时，谁要是在饭桌上让他不开心了，这个人吃完饭回到家里，总能在衣服兜里发现吃剩的饭菜。"说罢大笑。米兰仗着和石老板关系铁，顶嘴道："那肯定是趁别人不注意给倒进去的喽。""首长"没搭理这话茬儿，起身去了卫生间。大家面面相觑，不知"首长"是否真的生气了，只好默默坐等。"首长"回来走过米兰身后时，轻轻拍了拍米兰的脊背，嘴里说着："很多年没有见过这么有趣的年轻人了，真是后生可畏。"米兰觉得背上一阵火辣辣的痛。石老板看了笑道："烧着了吧，快去换个衣服。"米兰连忙走进更衣室，扭着身子一看，好端端的长裙，后背被烧出一个手掌印儿。早有小妹拿来新的衣服，米兰又羞又气，换好衣服，回到桌边说："各位慢用，我有事先走一步。"

"首长"摇摇头说："这小姑娘，怎么这就生气了？"便接着说他这一手"空手燃物"，也有很长时间未示于人了，今天和这小姑娘投缘，就没忍住。"上一次还是老领导在世的时候，我在他家里烧着了老人家穿了很久的一件毛衣，而且是他当场从身上脱下来的。"座上有客人机灵地插嘴道："其他衣服他不信嘛。"大家哄堂大笑。米兰走也不是，不走也不是，站在椅子边上进退两难。这时手机响了，米兰听出是小野的专用铃声，正犹豫接不接呢，"首长"挤挤眼说："你接电话试试喽，会很好玩儿的。"

米兰有点好奇。她从放在桌面上的手袋里掏出手机，按了接听键，放到耳朵边上，没吱声。就听小野在耳朵边上急匆匆地说："……我马上要出差去上海，然后……"电话断了。"首长"微微一笑，让她打过去看看怎么回事。米兰拨了已接来电，传出来的声音是"您拨叫的用户不在服务区"。过了一会儿，小野又打过来电话，说他电话的 SIM 卡怎么滑出来了，他以为信号不好想重拨，拨不出去，结果发现电话屏幕在提醒"请插入 SIM 卡"。这可怪了，好端端的手机，从来没发生过这样的事。还说，他要出门一周左右，要跑好几个地方。

接完电话，米兰气消了，心里也有点发毛。她索性把手机关了，坐下来看看还能出什么怪。但直到席散，"首长"没再出什么节目，大家就"首长"此前给各种大领导表演节目的趣事讲了一大堆。首长既不肯定也不否认，只是一直浅笑抿茶。坐了一阵子，"首长"站起来说还要去见个什么领导，今天就这样吧。于是大家全部起立，居然还有人带头鼓掌，大家就用这种奇怪的方式结束了今天的饭局。石老板要米兰和他一起送送客人，于是她就陪"首长"一行一直走到酒店前门。首长的军牌奔驰轿车早已等候在门前了。"首长"在众人挥别揖让中上了汽车后座，按下车窗，冲大家挥挥手，还特意朝米兰挤了挤眼睛。车队一溜烟儿离开了。米兰在大太阳下有点站不稳。由于临时换的衣裙不合身，她叫石老板派车，直接送她回了家。

3

米兰回到家，中午饭局上的一切还都如梦似幻。她从包里掏出揉成一团的长裙，上面的灼痕手印仍清晰可见，有点恐怖。他去洗手间给手上抹什么化学物质了？理科出身的米兰恨不得立即找个在大学留校任教的同学，借用实验室分析一下。但是，那支烟是怎么回事？那钢勺变麻花又是怎么回事？想着想着米兰头皮发麻，下意识地翻了翻身上所有口袋和手包，还好，没有剩菜在里头。

躺着定了定神，米兰下楼打车去单位。小野有辆奥迪Q7，他出差时有时停在家里地库，有时停在单位地库。米兰不爱开车，何况那车又大，所以从不过问。到了单位，秘书说收到一个大纸盒。米兰打开一看，是一件长裙，和自己今天被烧残的那件一模一样。

石老板就是这么一个细腻体贴的人。他的生意做到那么大，在风口浪尖上还那么滴水不漏，定非凡人。米兰这样想着发了一回怔，就发奋投入了工作。近来房地产市场火，公司接的单子不少，一下子高端客户全来了。什么绿城、龙湖、星河湾，还有一些不知名的地产后起之秀，全要搞园林和内外精装。米兰他们新办的小公司，因为从一开始就走高端路线，这下给蒙对了，公司从上到下忙得人仰马翻。米兰虽然一路正牌建筑设计专业，但因为完全没有实务经验，在合伙人分工中暂时定位为搞内部管理和技术培训，但生意一火，大家也顾不得分工，全在跑项目，攒创意，揣摩客户口味、产品定位。

刚回国时，男朋友小野大包大揽地说米兰什么都不用干，好好把家收拾好就行了，等条件成熟了两人就结婚，然后就生孩子，米兰就当全职太太，负责相夫教子。米兰初次听了这样的表白非常感动。自从认识这个曾经的男孩、现在的男人以来，他温柔体贴、淳朴可靠，米兰在男女关系这条道路上就浅尝辄止，再也没做他想。读了那么多人生悲欢离合的文学作品，见识了国内女同学们走上社会若干年之后的不同境遇，再联想到留学美国时身边中国女生的种种离奇八卦，自己从初恋开始全心全意和小野一路走到今天，人生的这一部分几乎是完美的了，如果就此做一名幸福的主妇，也不能把这样的人生称之为虎头蛇尾。米兰甚至和妈妈在电话里卖弄过一次自己的小女人幸福态，结果被痛斥一顿。妈妈态度十分鲜明：爸妈一路支持女儿上学、留学，不是为了培养一个家庭主妇；女人要自强，要有自己的一片天空，等等等等，啰里啰唆一大堆。米兰不好辩驳，诺诺连声。不过她细想之后，觉得爸爸妈妈可能是对的。小野在跨国公司做销售，一天到晚见不到人，又有一半的时间跑外地。政府项目，出差都没个准头儿。约好的客户领导说不见就不见了，去了呢，就只能空手而归，有时刚刚回来吧，电话又来了，还不能发火。最后觉得蹲在当地等领导召见是最聪明的。小野奔波在事业上，米兰一个人待在大公寓里当宅女，不到两个月就受不了了。正好一帮大学同学要创业。别人都是毕业后工作了几年的，就米兰嫩一点，没有工作经历，但她是海归，形象好，大家也不嫌弃，于是米兰就这样自己当了老板。走出家门、参与社会之后，米兰和小野见面的时间更少了。好在他们的关系经历过长久分离的考验，留学五年，一年也就见一两次面，这关系也生存下来了，没有太大的波折。

比起米兰一路读书然后直接创业的苍白简历，小野的经历就太曲折了。他从小父母双亡，高中毕业就在迪厅当DJ，然后居然混到电台。小野的小艺人生活使他认识了各种各样的圈内圈外人士，其中有一个帮他花钱买了一张美国名头似乎很大的泛太平洋经管学院的文凭，把自己打扮成海归——那时米兰还没出国呢，海归还算吃香。凭着假学位和听欧美流行歌曲自学的英语，他先进了一家小型IT公司。由于市场形势好，小野长得又帅，路子也确实野，两年左右的时间，小野就成了公司销售头牌，而且在业内小有名气。然后就被这家全球头牌硬件公司的中国分部给高薪挖了去，直接负责一个产品线的销售，用小野给米兰吹嘘的话说，距销售部最高职位只有三步之遥。

米兰是在上大学时的一次电影讲座上认识的小野。当时小野刚刚进公司工作一年多，虽然已经摸到了商业的门道，艺术家的气质却还没脱尽，有时间就跑到中关村几家著名大学里去听讲座。米兰和小野谈恋爱这件事当时在米兰全班、全系甚至全清华都是一件大事。校花被一个不明身份的外来混混吊在胳膊上走来走去，是可忍，孰不可忍。好在理科生都讲规矩，到毕业也没见有人真的找小野打架。小野和米兰认识第一天就竹筒倒豆子把什么都交代了，包括自己只是高中毕业、买了假学位证这些破事儿。米兰听着只觉得刺激，后来又觉得小野坦诚可靠。她们家里所有健在的人加起来有三个博士学位，有点富余了，所以她把学历这事看得很轻。和所有女孩子一样，她喜欢高大帅气多才多艺可靠的阳光大男生，这样的人越往后就越少了。两人如胶似漆地相处了一年左右，米兰大学毕业，拿了奖学金飞赴波士顿。小野继续在北京打拼，买了高档公寓房子，还换了越野车。等米兰学成归来时，小野不但显得事业靠谱，踌躇满志，而且居然有点中年发福了。米兰刚回国那一个月，小野抽空就往家跑，两人虽然不是夫妻，小别也胜似新婚。慢慢地工作压力上来了，小野就恢复了常态。米兰一个人闷在家里，妈妈天天打电话催米兰找事做。幸亏有同学创业，米兰就借势出山。这之后，两个人都在社会上奔波，彼此又相当独立：钱包独立，电脑独立，交通独立，相互不翻手机。共用之物，就是一张两米见方的大型双人床，不过也经常是米兰独享。生活走上稳定轨道之后，小野不再提结婚的事，米兰似乎也把这茬给忘了，没再问他之前所说的条件成熟是指什么。

米兰正年轻，一门心思都扑在自己参与创办的公司上。下班回家反正总是一个人，所以她特别喜欢加班，有时也和合伙人出去应酬客户。有一位合伙人的伯伯在米兰家乡当省委书记，来京参加"两会"时忙里偷闲，在石老板的酒楼设宴招待侄儿和他的创业同伴们，正好接触一下新兴社会阶层，这是伯伯的原话。米兰去了，发现伯伯省里的驻京办主任和石老板极熟，既然是书记的家宴，就张罗石老板一起坐坐，大家聊天。米兰是个大美女，在席上很受伯伯照顾，又是碰杯又是合影，大家闹成一团，这样米兰就认识了石老板。

石老板派人送来的盒子里还有一小瓶香水，和她平常使用的牌子味道一样。米兰下午趁工作间隙，关上办公室的门，把衣服换回上午出门时的样子，并且给自己耳后轻轻喷了喷香水。这样，米兰一下午都在一种极为幸福的心情之下忙乱着度过。晚上和同事吃完饭，九点多钟回到家，梳洗完毕后坐下来时，忽然意识到今天怎么如此安静，这才发现自己大半天都没开手机。

4

米兰蜷在沙发拐角的台灯下面，抱着一本书，一边想着要打开手机电源。

　　手机刚一开，就涌进来好几条短信，除了与工作有关的以及广告之外，私人信息有两条。一条是中午石老板发来的，大意是让你受委屈了，衣服原样奉上，望开心。这人无论是当面聊天还是电话短信，永远是中规中矩、温润如玉的关怀，决不逾越任何边界。这可能就是自己一直与他保持君子之交的原因吧——是他自己一直没有给米兰一个拒绝或翻脸的机会。米兰简单回复了一个"收到，谢谢"。另一条是小野刚刚发来的。他似乎刚刚打过电话，问为什么一天没开手机。米兰知道他也没什么事，就是临睡时的晚汇报而已，但也拨了个电话过去。电话嘟地响了一声马上就接通了。米兰听见小野的声音，似乎在和一个女人低声地解释着什么，不像是对自己说话，她喊了一声"喂"，小野没有回应，却着急地说"我现在在家里，说话不方便，明天我再打给你好吗？我挂了啊"，电话那头就不再有声音传来。米兰大为好奇，愣了一会儿，再检查了一下刚才拨出去的电话号码，是小野的手机号没错啊。一会儿又打过去，这回小野接听了，还没等米兰发问，就劈头盖脸地质问她为什么不开手机，还以为她出什么事儿了呢。接着又说他已经在上海，一切都顺利，让她早点休息。米兰正要问刚才电话是怎么回事，是不是串线了，没想到小野说他很着急，在一个电话会议上，不多说了，让她早点休息，别熬夜看书。说完他就挂了电话。米兰有点抓狂。她琢磨了一会儿没想出个所以然，就又把电话拨了过去。这回小野关机了。

　　米兰夜里辗转反侧，还做了很多梦。有些梦很真实，有些则很错乱。她梦见自己从初中起就习以为常的那些倾慕眼神，有的甚至来自自己的老师。梦到上大学之后去北大二体学跳舞，回来后宿舍里连续一周收到的鲜花。她一直是随和的，但同时又拒人千里。和人们想象的不同的是，同宿舍的女生都已经公开和男朋友在宿舍里同床共枕了，她却在无数追求者的狂轰滥炸之下仍然洁身自好，直到遇上小野为止。她梦到小野发现她还是处子之身时的激动和哭泣——他当时流着泪说米兰是他见到的第一个处女，他会一辈子珍惜她。米兰当时心慌意乱，事后想起自己居然没有及时问小野一句，他究竟有过多少经验丰富的女人，才会如此失态？米兰此后再也没有提起这层，以她自诩之高洁傲世，她绝不会把自己摆到一个追讨、比较的境地。

　　梦醒之后天色还早，米兰却睡不着了。她从来没有过问过小野在自己视野之外的行踪。在国外读书时课业任务重，自己又心有所属，人际交往单纯，以己推人，想不到有这个必要。回国之后两个独立惯了的人忽然朝夕相处地住在一起，最初的亲密劲儿一过，连米兰自己都有点闷得慌，想出去透透气，也就谈不上去纠缠其他的。现在这种一周三个晚上相处的状态其实自己也挺满意。而她有时白天接触社会上的人，包括石老板这样似乎说不清道不明的朋友关系，自己也没觉得有什么不妥。但今天小野串线电话里的一句"我现在在家里，说话不方便"，却直接给了米兰当头一闷棍，使她有生以来第一次因为自己和小野的事情而失眠。

　　好不容易挨到天亮，米兰想早点儿起床去上班，心中的困惑等小野回来再当面问过。但刚一起身，手机就响了，是小野的号码。米兰定了定神，按了接听键，努力做出一如既往的平静口吻，"喂"了一声。但是很奇怪，小野是在和别人打电话，说的是业务上的事。而且那边电话两头的人应该都没有听见米兰打招呼的声音。这一下米兰彻底蒙了。从这一个电话开始，每隔一小段时间，小野专用的电话铃声就会响起，他在为各种各样的事情打给各种各样的人，而且每一次只要她接听了电话，就能完整地收听小野和别人通话的全过程，还不会因为她发出任何声音而暴露自己。听了几通电话之后，联想到昨天晚上她打过去时小野正在和一个女人通话的细节，米兰以理科才女的清晰逻辑，得出了这样一个结论：因为某种神奇的原因，小野的手机卡和米兰的手机卡关联了，关联的效果是：如果米兰打电话给小野，而小野正在和别人通话，则她可以收听谈话；如果小野打电话给米兰，她可以正常接听；如果小野打电话给别人，米兰可以从第一时间起全程收听。

米兰陷入一种从未有过的紧张和错乱。手机发展出来的新功能让她害怕，而从小野和其他人的通话中她所得到的信息则使她恐惧和绝望。手机隔一会儿就响一次，除了偶尔有同事和手下联络工作上的事，全是小野的来电。而她在接听之前又无从区分小野是不是在找她。米兰一整天都呆若木鸡地坐在家里，夏日的阳光在房间里来回折射出一种奇幻的效果。她一边流着泪，一边不停地接听不时响起铃声的电话。整整一天，小野向外拨打了三十多次电话，没有一次是真正找她说话的。但米兰已经深深沉浸在

"收听"电话的泥潭里不能自拔。她忘掉梳洗打扮，忘记了午饭和晚饭，忘记在公寓之外的整个世界。当电话间隙房间里异常寂静时，她有时会听到楼下大街上刺耳的汽车喇叭声和公共汽车报站声。各种声音在头脑里混成了一团，直到电话铃声一响，房间里才又瞬间恢复死一样的寂静，只有电话在大声地催促她收听小野和别人的通话。这些通话，让米兰长期以来安身立命的世界一层一层地坍塌。看着房间里到处摆放的小野和自己在世界各地游历的合影照片，米兰终于发现，事实上她并不认识这个相识相知相互托付了六年，甚至原本可能会持续一生的男人。

米兰每天都和同事说身体不舒服，连续三天闷在家里，也拒绝同事来探望的好意。这三天时间，她一共接听了一百多个来自小野的电话，有两次是真正找她的，她平静地应付了过去。通过这些电话，通过小野和各种她知道的不知道的男人女人的谈话内容，加上米兰的推测和想象，她完全重新认识了小野——

小野有另外一个家，就在本城别墅区。

小野的妻子，就是他之前工作过的小 IT 公司的老板。他们两人起先在一起密切合作，然后小野进入跨国公司，从跨国公司内部使力，使他们的小公司蒸蒸日上，而且已经递交了在深圳中小企业板上市的申请——小野有好几个电话都是在通过各种渠道联系证监会发审委委员。

小野可能是在米兰和他恋爱的那一年结的婚，因为他们的孩子明年就要上小学了，现在已经开始托人找关系，说明一定要上景山学校。

小野在全国各地至少还有五位女朋友，她们大多和米兰一样被蒙在鼓里，以为自己是小野唯一的女人。但有一位显然对一切情况了如指掌，甚至在电话中开过米兰的玩笑。如果这个收听电话的事一直做下去，米兰确信，这个数字还会持续增长。

　　米兰通过这些电话也重新认识了自己和小野的关系。毫无疑问，自己是小野生命中相当重要的人，即使她说服自己不要试图安慰自己，仍然能够从目前所了解到的各种事实中得出这个结论。至于和小野的妻子——米兰发现自己开始使用这样一个静态客观的概念，有点佩服自己——相比，哪一个更重要，这个只有小野自己知道。米兰知道自己是永远不会去问这个傻问题的。米兰想象着另一个自己正在上空俯视着眼下的自己，带着刻薄对这一个自己在男女关系中的角色下着各种定义：如果自己一直听小野的，不去上班，那么她就是小野包养的二奶；现在自己创业、已经自立了，说二奶也不再合适，也许是个姘头？小三？被诱骗的无知少女？婚姻骗局的受害者？

　　米兰长这么大，从小被人呵护关爱尊重追捧，从来没有经受过这样的屈辱和打击。等她把一切时间脉络、人际关系和蛛丝马迹全部勾勒清楚之后，米兰反而平静了下来。事情已经非常清楚，无须再调查质询争吵谩骂。人生最宝贵的五六年情感历程被证明是一个完美的骗局。米兰从流泪到狂怒到完全麻木，居然只用了三天的时间。

　　这中间石老板来过一次电话，米兰没有接听。米兰不知道对石老板说些什么，也不知道是否应该感激"首长"在电话上所做的手脚。她一路走来，在一个男人的婚外情中间平静地生活着，有点小幸福小虚荣，同时有理有利有节地、带着一点享受的滋味抗拒着另一个男人的婚外情暗示。想到大学时曾迷过的张爱玲被引用滥了的套话，"生命是一袭华美的袍，爬满了蚤子"，现在米兰发现自己的生命走到今天，居然是一地蚤子，连个袍子的影子都没有。这样的人生经历算不算坎坷，是闹剧还是悲剧？从今往后，该如何转折或收场？

米兰无法回答这些问题。

她在小野回家之前搬出了小野的公寓，并扔掉了那张惹事的手机 SIM 卡，从小野的人生珍藏中正式退出。在那次饭局之后的几个星期之内，米兰把公司里的股权赠送给一起创业的同事们，离开了这个城市，前往美国。

在联合航空从北京飞往纽约的波音 777 上，到处都是结束暑假飞回校园的老留学生，或者初次跨出国门的小留学生。蜷缩在一个经济舱座位上，米兰听着耳朵边上留学生们兴奋的叽叽喳喳声，有一种千山万水走过的恍若隔世之感。其实，上一次她坐在这样的航班上往返探亲只不过是一两年之前的事。此前生命中每一次旅途都有极为明确的目标，而这一回飞去，则一片茫然。

左思右想，一阵倦意袭来，米兰窝着脖子沉沉睡去。在梦中她反复看见过去数月间多次光顾的餐厅大堂，看到石老板还是坐在自己专属的角落里落寞地用餐，像是在耐心等待着她的到来。在酒楼还没有开始上客的时候，在空空荡荡的大厅里，从此以后，他将一直都是一个人守候在那里；而摆在他面前的手机屏幕上，是那个他一直不忍碰触的年轻女孩米兰，和在那次奇异饭局后再也无法接通的电话号码。

5

米兰从长梦中醒来，发现自己蜷在家里沙发的角落里，阳光透过未拉窗帘的窗户玻璃打在脸上；胸口压着一本书，手里紧紧地攥着手机，浑身酸痛，满脸泪水。

她猛地坐起来，四顾熟悉又陌生的客厅，怔怔地坐了半晌。电视机画面一闪一闪。米兰揉着脖子，一低头，看见手机仍然关着。她神经质地猛按手机电源键。

手机刚一开，就涌进来好几条短信，除了与工作有关的以及广告之外，私人信息有两条。一条是昨天中午石老板发来的，大意是让你受委屈了，衣服原样奉上，望开心。另外一条是小野晚上发来的，问为什么一天没开手机。

米兰正在对着短信发呆，手机突然响了。和弦铃声，小野专用。自从米兰和小野在清华电影欣赏课上初次见面之后，这首曲子就成为她最熟悉的旋律。当天他们一起看的电影是《教父》，电影的主题曲叫作 *Speak Softly, Love*。

米兰浑身颤抖，不敢接听电话，听任这音乐铃声一遍又一遍回荡在寂静的客厅里。

北纬四十七度的春天

1

旅居美国时我所住的地方毗邻一个公园。只要不下大雨，我每天都会去公园里狂走或跑步一圈，和住在北京朝阳公园南门时一样。当然公园和公园差得很远，正如国与国之间的差别。细节我就不多讲了，否则这里将被迫插入大量的景物描写。我认为文学作品中写景是没有用的，正如照相机的发明和照相技术的傻瓜化毁掉了写实主义画风，促成了毕加索和达利的成名一样，摄影机的出现和大量使用肯定要毁掉文字化的景物描写。将来的列夫·托尔斯泰或伊凡·谢尔盖耶维奇·屠格涅夫在多媒体出版的虚构作品中，在写到主人公看到广袤的俄罗斯原野时，只要到现场拍一段DV，在小说中写一句"情况基本上就是这样的"，接着把DV上传，形成一个三角符号。读者一点击，就看到了，不但省事，还直接身临其境。

说岔了又，总之就是我习惯了每天去公园转转。作为一个在此地进修的中国的大学文科教员，一个刚刚开始尝试虚构写作的无名作家，坚持天天五公里长走，一来是可以挽救已经垮掉的中年体格，二来还可以把自己放到大自然中去构思一些事情，比如中国人与北美印第安人之历史命运的比较分析啦，钱基博和钱钟书父子究竟谁为谁代笔啦，弗吉尼亚·伍尔夫和豪尔赫·路易斯·博尔赫斯的风格异同啦，以及最重要的，下一篇虚构写作的题材啦，等等等等。美国这地方，就是地大物博，地广人稀，没有什么城乡差别。明明是在市区，有时走一大圈一个小时一个人都看不见，倒是有各种各样的水鸟，有时还看见海豹，特别适合静思默想。

　　但就是这样冷僻的所在，我却经常能看到中国人。对，我说的不是本地的美国华人，而是正在持有或不久前还持有中华人民共和国护照的我的中国大陆老乡。分辨我的大陆老乡很容易，有时和他们迎面而过，我冲他们一笑，他们就把头转开或低着头看漫游到 T-Mobile 网络的手机或刚刚从 Outlets 购买的手表或任何能及时掏出来的东西，这时我就知道遇上老乡了。有时远远看见，听见他们欢快地评论着什么，等我走近想听听他们说的是哪个地区的方言普通话时，他们就一下子鸦雀无声了，这时我就知道遇上老乡了。有时一堆人围着一个人，向四周指指点点，被围着的人颔首微笑，时而把双手背在后面鹅行鸭步，时而伸出一只手指点江山，而另一只手还在背后，仿佛固定在那个位置一样，这时我就知道遇上老乡了。有时我看见一个矮胖的老者，心满意足地昂首阔步，而他的胳膊则被一个高挑诱人的美女用双手紧紧抱着，这时我就知道遇上老乡了。

　　偶遇一回两回不要紧，遇上的次数多了，我也不免好奇，想了解这些人从中国哪里来，到美国哪里去，在这里做什么。为了满足这样无聊的好奇心，我遍搜网络，终于从一个地理上位于美国中部蛮荒小镇的网店里，买到了一件隐身衣。这衣服的神奇之处就不多说了，只听它的名字，各位看官也能明白，它能使穿着者隐去形象、隐去声音甚至狐臭，总之就是你穿着这件衣服，在众目睽睽之下上前疯狂搂抱海瑟薇，不但她的保镖不会发现你，她本人都不会感觉到。但它有一个毛病，离开美国就失灵了。领口标签上用中文写得很清楚："警告——本产品只能在美国使用，方能达到隐身奇效。若在任何外国地域，包括登记在外国的飞行器、船舶等移动领土上使用，只会隐去使用者当时身上穿着的其他衣物，不能隐去身体，请谨慎使用。"

我在这里强调这一段警告，主要是怕这小说发表之后，我在国内的朋友们用各种手段威逼利诱我开办代购生意。我才没那么闲呢！

有了这件隐身衣，我的一小时公园步行时间就大幅度提高了趣味性。由于美国人普遍生性淳朴，表情自然，眼神清浅，没什么好偷听的。加上隐身衣使用次数也有限，我舍不得用在打听他们的事情上。我把目标对准了偶遇的中国老乡们。只要远远地判断一群人大概来自中国，我就找棵大树遮掩，把隐身衣罩在身上，然后大摇大摆走出来，朝他们所在的位置大大方方地杀将过去，加入他们的行列，如影随形地跟着走上那么一段时间。在他们中间的有心人看来，就是好像远处有一个貌似中国人的胖子，躲进大树后避风处去点烟，然后一直没走出来而已。其实这时我正和他们走在一起，一边健身，一边欣赏人间活剧。有次听得入迷，不知不觉跟着同胞们走到停车场甚至跟着上了他们的车，被拉到市中心的五星级酒店门口，我才发现自己已经离家太远，又没带钱包——出门跑步时村上春树也不带钱包的——只好脱了隐身衣拦顺风车，停下来帮忙的美国人很多，但没人碰巧会路过我住的地方，不少人表示可以特意送我回去，我都坚决谢绝了。后来走了很远找到公共汽车站，忍着心痛，重新穿上隐身衣坐上公共汽车，费尽周折才回到家。为什么说忍痛呢，公共汽车一张票两块七毛五，而我这五千美元买来的隐身衣，只能正常使用十次，合每次五百美元。至于为什么不坐出租车——唉，没带电话想打到车，你以为我在纽约啊！下面我就把我这些下了血本听来的故事，慢慢说给大家听。

2

某年某月某日，天色晴好。我乘兴出门跑步，远远看见一伙中国人站在水边，言笑甚欢，举止豪迈，身着西装，挺胸凸肚，手持相机，肯定是公务员。当时隐身衣刚买，还没舍得试穿，这正是一个好机会。我如此这般穿上隐身衣，大大方方地朝他们走过去。还很远就听见他们说微软啊比尔·盖茨啊知识产权啊联合执法啊什么的，心想这可能是版权局的领导们，也许还有我认识的呢。这么想着就走近了，由于不知道隐身衣是否奏效，我走到可以自然打招呼的距离时还冲他们咧嘴笑笑，对着一个面朝着我的领导说："您好！天气真好！"一看对方视而不见、听而不闻的样子，我就知道隐身衣货真价实。于是我就很自然地站到他们中间，左听右看，好几次差点儿被撞到。不过后来我发现根本不用躲，撞到了，我这里有感觉，他们根本无动于衷。

这一群领导来自国内西部一个二线城市，原来并不全是知识产权口的，各行各业都有，甚至有一位小有名气的女作家。就我从开口说话的几位那里听来的，再加上合理想象，领导们的工作单位包括但不限于工商、税务、公安，当然还有知识产权局。一大堆男人中间，除了点缀着那位漂亮女作家之外，还夹杂着一位同样妩媚但过于搔首弄姿的女人，姓林，是一家房地产公司的副总。

林总显然对这里的地形很熟悉，她用手指着一段水岸向众人介绍说那就是比尔·盖茨的家。有位处长引颈张望后，即兴发表意见说，知识产权保护这项工作还真是要好好抓一抓，你看人家这软件企业的领导，住的那房子，这说明只有保护到位、措施得力，知识产权真正对社会产生了使用价值，企业家的价值才能得到体现！我觉得这话说得可真好，要是在国内听到领导这么讲，我都本能地鼓掌了。出于习惯，我其实已经做出了鼓掌的姿势，这时听到一位口气很像公安的处长说，瞎扯什么蛋啊，我们这次行动，哪里叫什么保护知识产权啊。我们是定点清除，是打击敌人！不打击到位、让人民满意，咱们能到这山清水秀的地方来游山玩水吗？又不是比尔·盖茨请你来的！这句话才真正获得了除了我之外前后左右大家的一致共鸣，因为他们，包括林总在内，全部哄堂大笑了。那位知识产权处长红着脸说，你们这帮人，一跑到国外，嘴里就敢跑马，无法无天了啊，得意忘形！小心被电梯夹着脑袋！

我把伸出去要鼓掌的手收回来，和他们一起背着手散步一小时。由于那位同时担任作协领导的作家很好奇，问东问西，我一路跟着，总算是听明白了他们的来历。原来林总他们公司盖起了一座大厦，使用了一家小设计公司的图纸。本来他们公司应付五百来万的设计费，但林总的老板是从军队出来的，脾气暴躁，见到讨钱的就非常生气。这样，一来二去，就被设计公司给告上法庭了。本来告上法庭也没什么关系，但偏遇一个书生气的法官，判设计公司赢了。判就判了吧，不是还有执行难嘛。可偏偏负责执行此案的人刚刚跟老婆闹离婚，心里有气，就不听领导打招呼，秉公执法把房地产公司账上的钱给划走了五百多万，居然把案子给执行了。

事情过去半年之后，有人从海外打电话到知识产权局，举报那家设计公司使用盗版的 CAD 制图软件。知识产权局领导非常重视这件事，把它列为当年的重大案件，启动了市里的保护知识产权联合执法行动预案。在一个毫无征兆的早晨，穿着各式制服的版权、公安、工商，甚至还有扛着摄像机的公证处工作人员一行三十多人，突袭了设计公司，把正在工作的几十名员工关进几个会议室，然后把所有电脑拔掉电源，用卡车搬走。设计公司总裁先是不服，后是哀求，最后被以妨碍公务为由当场拘捕。联合执法嘛，手续非常全，在程序上完全经得起任何复核和检验。

经开机检查，所有电脑都装有内容不一的盗版软件，CAD

软件肯定是有的，但主要是盗版的微软 Windows 和 Office 软件。经过半年的调查，最后对设计公司罚款五百多万元。幸亏执法当天冻结的公司账户里有这笔钱，因为行政处罚下达的时候，该公司已经关门了，总裁还关在看守所里。联合执法小组把执法行动的前前后后都拍成录像，并且以各种形式向全社会通报，成为轰动软件界的一件大事、一桩美谈，还受到了各方面上级的表扬。据说有一家软件公司还为此写了一封充满溢美之词的感谢信，知识产权局把它放大了贴在门口的橱窗里。

联合执法行动取得了重大胜利，市里就组织了这次关于海外知识产权保护工作的专项考察团，一来是慰劳大家，二来也是加强国际同业交流，开拓工作视野。考察团经费一部分列入各参与单位的行政办公费用，一部分由林总的房地产公司提供赞助，直接在接待地买单，不报账，无资金往来记录。这里是考察团在美国的第一站，重点是微软公司和盖茨家的豪宅。前者很容易实现，无须预约，大家就去微软园区的访客中心合了影、留了念，林总还给大家买了一些 T 恤衫和游戏机，算是完成了考察任务。后者就难了去了，只好隔湖相望，聊慰心怀。

作为一个隐形听众，头一次试听，就得到这么精彩的故事，真是大喜过望。更难得的是如今的领导都非常坦率而有魄力，面对女作家一边惊叹一边撒娇抛出的问题，抢着发言，并且知无不言、言无不尽；又由于在这异国他乡，彼此也都不是外人，所以回味得特别细致，没有对任何生动的细节加以隐瞒，还互相纠错、彼此补充，更叫我所获极丰。我在把他们送到停车场，和大家依依不舍、挥手告别（当然没人理我）之后，心潮澎湃地回家，把这天听到的事情记了这样一个大概。按美国流行小说的标准，这些素材够写一本长篇、拍一部大片了。我可不能轻易就把这么丰富的故事情节用短篇小说给浪费掉，因为一堆人中间有问有答的这种偷听机会，可遇不可求。当然我知道，写完这部小说，在出版时一定要加上一句"本故事中出现的任何机构、人物，皆为虚构，若有雷同，纯属见鬼"。

3

"孤舟蓑笠翁，独钓寒江雪"，是唐朝诗人柳宗元所作《江雪》中的诗句。中国西北、华北等地，现在冬天也是偶尔有雪，只是有雪的季节，能钓鱼的地方都冻上了。东北的黑龙江一带倒是有破冰捕鱼的，不过，叮叮咣咣动静太大，不符合诗中的意境。在江南，冬季河流不结冰的地方，又见不到雪。但这美国西北偏北的一隅，论纬度与中国东北呼伦贝尔和大兴安岭相仿，但在这同一个冬天，当呼伦贝尔气温达到创纪录的零下五十摄氏度左右的日子里，此地气温最低也还在三十五华氏度左右，很少低于结冰点。

本来以为暖冬无雪了。可元旦过后有一天，清早起来，雨就在淅淅沥沥地下着；到了近午时分，雨里开始夹着冰块，似雹非雹，胡乱唰唰作响地下了一阵，终于，全部变成雪花。这一下就不可收，断断续续，接连下了一周，碧绿的草地上平地起来大半尺厚的积雪。由于是个山城，雪后很少有汽车出门，偶尔驶过的，也都安装了防滑链。高高低低的街道上，到处都是踩着滑雪板的人，直接把整座城市当成了滑雪场，街面变成了雪道。孩子们占领了每一个大大小小的斜坡，用各种滑板在雪里冲浪。

公园里有个游艇码头，本地人用皮卡或越野车把大小船只从家里拖到湖岸，顺着延伸到湖水里的坡道倒车进去，待船吃水到一定程度之后停车，下去把车船分离，再由一人开车拉着船架去停车场，另一人把船移到不阻碍交通的地方等司机来了会合。收船时亦如是。孩子和狗们就在车、船、水里大呼小叫，兴奋不已。这是夏秋两季我看到的异域风情。现在整个公园被雪覆盖，船只下水坡道两侧伸至湖水二三十米长的铁桥也蒙上了厚厚的积雪，像几艘靠岸的白篷船。其中一条船的尽头，有三个人坐在自带的小凳上钓鱼。旁边一个小凳空着，看来第四个人有事走开了。

雪片簌簌地落到水里，旋即消失无痕。钓鱼人的帽子大衣上的雪倒是不化。不大一会儿工夫，三个人都变成了雪人。这气氛，就让人不由自主想到"钓寒江雪"。在这远离东土大唐的他国，才能体会到古诗的意境，这现实讽刺得让人无可奈何。当然，有三个人在一起，一边钓鱼一边聊天，也就没有了诗中那种卓尔不群、遗世独立的气氛。三人的附近放着一只小桶，钓上来的鲈鱼就扔在里头。据说这是在此地判断钓鱼人是否来自中国的重要标志。如果你远远看去，有人在钓鱼，且身边有桶，则他十有八九来自中国。因为这里的本地人很少把鱼钓起后带走，都是随手就放生了。

雪下得很紧，空气有点沉闷。三个人表情各异。其中一位年轻些的似乎很兴奋，有问不完的问题。他问，一位五十多岁的资深中年人回答。另一位看上去年龄介于此二人之间的胖子，则看上去心情轻松，时不时插上一句，大多数时间都是专注地钓鱼。

　　年轻人一边帮中年人把一条鱼从钩子上解下来，扔到桶里，一边问道："怎么回事呢，这孩子？不好好地在这里待着，这大过年的，一个人孤零零地回国去了？我五六岁时和他住得不远，应该是见过，但当时他还不到四岁呢。这都二十年了，我一来这儿，他倒走了。"

　　"不是跟你说了嘛，被递解出境了。"中年人阴阴地回答了一句。怕年轻人又纠缠着问，顾自接着说下去，"这老汪吧，他就是不听我劝。那年我们一起来美国，都是走的工作签证。其他人这样过来之后，都是通过留学什么的手续让家属过来，国内的小孩子跟着陪读。然后再找工作，留学签证转工作签证，工作几年，公司就都慢慢给申请绿卡，然后入籍什么的看自己的需要。小孩子也一直待在学校，身份一直都是正常的。

　　"老汪性子急。来这里没半年，听别人讲了可以申请庇护。逃避计划生育这个理由有很多人在用，也有很多人成功了。成功了当然很好，一次性解决身份问题，不用等那么多年。可这家伙倒霉，不但自己申请，还把家属都列为依附人一起申请。很多人都成功达到了目的，偏偏他被拒绝。这里头也没什么原因好讲。美国说是个法治国家，但个案主事的人裁量权很大，也不给你解释。这种事人家拒了就是拒了，没地方去投诉。

"申请庇护被拒，表格上的申请人和依附人都会被列入递解名单。要么你赶紧回中国，要么就搬到其他地方，让移民局找不着你，这身份就黑了。反正美国黑户不知有几千万，大家都相安无事地过着日子。老汪本来在国内工作还不错，搞规划的，那时候回去其实也行，没准儿后来还能发财。但他这人就是好面子，老家欢送移民的酒席都连着摆了好几个星期，一下子回去，抹不下这脸。于是他们就全家去了外州。

　　"这回要不是你提到要见见他们，我都快把他们一家给忘了。昨天晚上打了很多电话，好不容易找到了老汪，没想到他第一句话就带着哭腔说：'我们全家都完蛋了。'"

　　胖子这时幸灾乐祸地插嘴："你这电话打得可真及时。""可不！如果过一两周再联系，他们就不在美国了。说来也怪。那孩子三岁多来美国，四岁时因为申请庇护被拒，全家身份黑了，但他在这里一路顺利读完幼儿园、小学、中学，甚至大学本科。因为没有证件，从来没有回过中国，甚至都不能去加拿大玩一回。偏偏学习成绩又好，心气儿又高。这回申请读博士，不知怎么就被他申请的大学给查到了他身上有递解令。这大学也真坏，共和党人的地盘真不敢去啊。他们直接就通报了这孩子住处附近的移民局。根本不由分说，十几年前的递解令好像也不会过期，三四天的时间，孩子就被送上了飞往上海的飞机。

　　"想想这些年，为了让孩子在这里有归属感，老汪两口子当着孩子的面一句中文都不讲的。现在惨了，孩子一个人飞到上海，虽然通知了那边的亲戚去接，但孩子连普通话都听不懂，更别说方言了。这不是个事儿啊。"

年轻人若有所思地点点头："那倒也是。不过现在国内好多地方需要外语人才，他有本科学历，总强过在国内没上大学的那些小孩子吧。"

中年人摇摇头："现在国内也不好混。有些需要外国人摆门面的公司，宁可招一个不说中文的白人，谁会要一个中文不会，又不是老外的怪孩子？老汪两口子在孩子离境后倒一点儿也没犹豫，这些天来，该处理的东西都处理掉了，说是美国一梦，二十年后全醒了，打道回府，裸归。"

年轻人终于听明白了。他有点得意地说："他们家这个还真是特别裸！看来，我们来美国生孩子的计划真是好，一劳永逸，一步到位把孩子生成美国娃，生一串儿，我就是几个美国人他爹，谁也拿我没办法。"

胖子问他："几时生？"

年轻人转过身对胖子说："再有三个月吧。对了，你家孩子现在几岁了？趁现在还能走动，近期得安排我家领导向您太太取取在美国生孩子的真经哪。"

胖子安慰他："生孩子在这里不是一件大事，不像国内那么麻烦。"

年轻人："那再好不过了。我们有同学最近在国内生孩子，一家人搞得鸡飞狗跳，听说医院都是提前半年多给医生送红包才搞定的。"

胖子："生不是问题，养才是问题啊。"

年轻人："怎么会？连非法移民的孩子都顺顺当当读到大学毕业，咱们这根正苗红的美国人，还会有问题？"

胖子："时代不同了。现在咱们这个华人圈，在这里和在中国一模一样的。你生一个孩子还罢了，如果像你刚才说的，要在这里生一串儿，那你可有得受。"

年轻人："怎么回事？"

胖子来了兴头儿。索性把鱼竿儿收了，点起一支烟，吸了两口又摁灭。

"这么好的空气，抽烟真是辜负了。那么多移民过来的人都把烟戒了，有些人为了省钱，有些人是怕老婆。我这人就是做不到。"

年轻人急了："你说的不好养，是怎么回事？问你呢！""你可能刚来，还没站稳脚跟，当然没进入情况。说多了你听着会烦，我简单给你说说吧。一般人说赴美产子，让孩子有一个健康舒适的成长环境，逃掉国内小升初、初升高和高考的重压。现在还听说国内有幼升小的问题，也真是让人笑掉大牙。

"他们可真是有所不知，近十年来，特别是这几年，美国的华人圈里，由于家长各种攀比，对小孩子的教育，抓得比国内家长还紧。虎妈你听说过没？"

"听说过啊，我家领导还买了一本书呢。不过她不就是强调要严格教育，不能像美国人一样放任自流嘛，我们觉得是对的呀！"年轻人急着点头，证明自己的确有国际视野。

胖子摇摇头："那只是书里写进去的。书里没写的是，现在这些在美国出生的移民一代小孩子，父母都是在国内及美国受到很高层次教育的人，本来就觉得自己不能和平常人一样。这些年中国的变化也有点儿太快，朋友们有些多年没回过国的，偶尔回一次也深受刺激。他们对孩子的要求就是，你中文不能比我在国内同学的孩子差，英文也不能比这里的美国小孩差，这样才能不错过两边的好机会。否则我们这辈子背井离乡、抛家舍业、孤苦伶仃的，不就白折腾了嘛！

"孩子从三岁起就上双语幼儿园学英文，学中文。四岁五岁就会写无数的汉字。就拿我家孩子来说吧，前一阵有个国内亲戚带孩子来玩，大家坐下来一比，我家这美国孩子，认识的汉字比那个在北京上幼儿园的小朋友多了不知道多少倍，把他们全家吓一大跳。

"除了汉字之外，各种才艺班你也躲不掉。钢琴、小提琴、舞蹈、空手道什么的，和国内一个德行。体育方面呢，又要和白人孩子看齐，这游泳队、棒球队的你得参加吧。然后你就看这父母，工作日起早贪黑接接送送，周末也被孩子的教育计划占得满满的。这是说你有两个孩子。如果你隔一年生一个，连续有三个四个孩子，你就哭去吧。"胖子越说越来劲儿。

年轻人不服地说："咱不参与这些竞争不就完了嘛，像真正的美国人那样不好吗？"

胖子回道："那当然好，如果你能克制自己真正做到心里放下也行——话又说回来，真的放下的话，在国内也一样轻松。我就不讲在这里放任不管之后的另一种情形了，你慢慢也会看到。

"还是接着说在美国想把孩子培养成人物尖尖儿的主流华人这一种吧。孩子到了小学，三点下课，还是一堆补习班。到了三四年级，全美统考天才班，千分之几，你孩子得考进去吧，不考进去丢人啊。左邻右舍、同事聚会，人家小香蕉人全在那班里。"

年轻人更不服了："怎么说都不会比国内变态！你这是给自己带孩子回国创业找理由呢吧。"

胖子笑而不语。中年人沉默了半晌，这时加入进来说："人这一辈子不经折腾，很快就过去了。可怜中国人，大半辈子都在为这些改变自己出身的荒唐事左思右想，都想盘算出高人一等的捷径，最后回头一看，可能和老汪似的，全他妈错了。"

这时一条很大的鱼蹦出桶边，朝着空凳子飞来，正好掉到我两脚之间。我忘了自己穿着隐身衣，下意识地迅速出手，把那鱼一把捞起又扔回桶里。三个人看到这情景都吓了一大跳。年轻人嘴快，大声赞叹说："看看人家美国鱼，这素质，自己跳出来都知道跳回去！"

于是三人齐齐大笑，雪花纷飞的空气里荡漾着一种欢快的味道。笑完后，大家都陷入了沉默。那雪，下得更紧了。

4

这场大雪之后，转眼间就到了中国农历的立春节气。今年随着这个节气的到来，欧洲陷入了经年不遇的寒潮，北京街头则有人戴着防冻的头盔上路。全地球都喊冷，只有我短暂居住的这里，天气热情地响应了节气，一下子就转暖了。微微南风一扫连续月余的霏霏雨雪，高天万里无云。湖水海水连成一片，蓝得沉静深邃。城里乡间，遍及四处的大片草地，更是日复一日地越发嫩绿。难以想象，这个北纬四十七度的所在，春天来得如此之早。

天热了，闹哄哄的空气逼得人天天开着越野车往远处跑，观鸟、看海，我差点儿把在附近公园里窃听人生、奋笔创作的大事给忘了。周六不想在高速上和本地公休的白领们赛车，正是个重操旧业、持续创作的机会。这么想着，我就一把抓起隐身衣冲出门去。走了不远忽然想起，公园里如果人多，可能难以找到可以躲着换衣服的地方。于是又折回，直接把隐身衣穿上，然后观察四周无人，悄悄出门。动这个心眼儿，主要是怕这临街的屋门自己一开一合，把路人给吓着了。

公园里果然人比平常多了一些。这才二月头上，中国人的大年还没过完，这个比北京偏北很多的美国本土最北的城市里，居然随处可见只穿短袖的人们到处走来走去，真的是时空错乱了。阳光下人们心情很好，认识不认识的都相互打着招呼，要么称赞天气，要么夸奖小狗小孩子。我当然也是满脸堆笑、入乡随俗，但没有人响应。突然我看见了林副总。她今天是长裤短袖，蜂腰翘臀，长发帅气地束成马尾垂在脑后，猛一看似乎三十岁都不到。但由于那天和他们相处一个多小时，我主要都是陪着她在走，所以现在一眼就认出她了。没有陪着来自国内的领导，林总整个人的气质都判若两人，这个样子，真有点英气逼人。

正想着，林总已经走到我面前，我不由自主地冲她微笑挥手：

"林总今天真精神！"说完就知道自己又犯错误了——她不会认识我，幸亏我穿着隐身衣。林总旁若无人地走了过去，还差点儿撞着我。我色眯眯地回头盯着林总的背影，却听到她用我刚才一模一样的话和别人打招呼："小蕾，你今天可真精神！"顺着她的视线，我看见一个戴着鸭舌帽、脸庞秀丽异常的女孩。她大概是个大学生，也可能是个研究生。如果说两次见到林总，综合分析她的年龄应介于三十岁到五十岁之间，那么这个乍一见到的年轻女人，年纪就更不好猜了。我紧紧跟着两位美女，一方面想象着如果没有隐身，自己现在的形象举止肯定猥琐至极，弄不好还要被见义勇为的美国人揪着送官；另一方面，耳朵却不闲着，全神贯注地偷听她们的对话。这一切全是为了小说读者，我自己形象毁了又有什么关系，何况又没人能看见我！

　　林总这次来美国待了有一段时间了，完成了大老板交办的一些事情，主要是迎来送往，还有就是一些拿地的对价要在海外安排支付，这个事除了她没人能处理。她下周就要起程回国了。听上去林总最近一直在约小蕾见面，小蕾却似乎一直在推说没时间。但小蕾不能得罪林总，今天受一个教授之邀出海玩船，被林总撞了一个正着，只好请林总一起上船去玩。听她们说着话，我才发现停车场里已经出现了一辆又一辆拖着游艇的皮卡。美国人真是把每一寸光阴都用在认真的虚度上了，给点阳光就下水，醉生梦死啊。我跟着林总和小蕾从栈道上走进秩序井然的游艇通道，找到教授的游艇。教授看上去像是商学院的，身材很好，眼神闪烁，看不出是因为人多了一位而烦恼，还是又多了一位送上门来的美女而惊喜。教授的言语动作当然非常绅士，一边热情招呼着，一边牵手扶腰地把两位女士一一接纳上船。女士们则大呼小叫得毫无必要。我自己稳稳地走上去，找到一个非常舒适但又不是船上走动必经通路的地方把自己先安排好。

教授一边开船，一边和两位美女闲聊。不外乎是最近的雪啊今天的天气啊干净的湖水啊中国人玩不玩船啊美国是人多还是狗多啊奥巴马口才真好啊之类。中国人和美国人在一起，甚至美国人和美国人在一起，话题永远不会像中国人和中国人在一起神侃得那么深，那么国家民族政治经济改革革命民主自由工资收入的。聊了一会儿，由于两位女士频繁地使用中文对话，教授就彻底沦为船夫，默默地驾驶着游艇在水面上滑行。四周美景无法形容，船上人物也是妙不可言，再加上一位教授担任船夫，我觉得今天这隐身衣超值！林总和小蕾的对话由浅入深，逐渐带上了火药味儿。小蕾有一句"凭什么啊"声音大了点儿，教授诧异地回头看，林总给他解释说小蕾真是太兴奋了，看着什么都新鲜，都要问个为什么，教授释然。我估计这教授泡中国妞，应是粗通中文的。

两个女人的对话充满了切口，在近两个小时的航程的末尾，我才把她们各自的关系以及一直在讨论的事情听了一个大概。要是按真实对话记录来全面呈现，这些琐碎的交流会直奔数万字，看官肯定会中途迷失，弃书不顾。如果归纳之后，按有条理的对话体叙事风格来写，则会显得造作。所以我打算直接归纳了，向各位提供干货。当然，以下故事完全是我基于二人对话的想象和杜撰，如果偏离事实，请读者诸君多多见谅，但倘若林、蕾二位也碰巧读到这本小说，请千万不要对我提起捕风捉影、捏造事实之名誉权诉讼，这故事的情节完全是我编撰的，只是主人公恰好和你们同名而已。

林总的老板，就是那位出身军队的地产商人，同时是林总和小蕾的情人。这位美国商学院教授做梦都不会想到，他今天用巧计支开老婆，私下约会的这个女学生，是一位中国内地企业家的小情人。他梦醒后也不会相信，半途加入的这位中年美妇，Aunt Lin，更是同一位中国男人的大情人。出于为尊者讳的目的，我甚至不能为这位声名显赫的房地产大亨起一个名字甚至姓氏。让我们使用"老板"这个俗气但安全的称谓来指代他吧。

老板出身行伍，处事果断决绝。从工程总包起家，几年时间就从最初两千万银行贷款的纯负债状态，变成净资产数亿的富豪。细节参见各类火车站地摊文学，此处不赘。老板崛起之后，两个习惯没有改变，一是对女人的热情，二是向分包商付款时的吝啬气度。这第二个习惯导致了小说第一节中设计公司的噩运，第一个习惯成就了我这一天的窃听内容。

林总父母是地方权贵，她二十世纪八十年代就出国留学，春夏之交之后，莫名其妙地拿到了绿卡，其后也随大流入了籍。留学生在出国前各种行为饱受禁锢，来到美国之后突然失去了中国无处不在的道德监控，又不受美国本土淳朴文化的约束，加上各种孤单寂寞无助，私人生活容易一塌糊涂。林总固然出身相对高贵，但听上去也是未能免俗地乱过一阵。这是她以过来人的口吻，对小蕾隐晦地劝诫之时我猜出来的。一来二去，生活就不能回到正常的轨道上去了，林总就一直独身。

在美国待腻了的林总，回到北京办了一家咨询公司。那时候咨询业比较热门，说白了就是给去中国投资的外商拉皮条、搞公关、组织和书记们的饭局。最早因为工作上的关系接触老板时，林总眼里出现的是一只巨大的土鳖。两人认识之前的人生经历反差太大，老板的做派、举止、言谈甚至满口的大蒜味儿都让林总反胃。"你以为他那时候和现在一样酷？开玩笑！要不是我的调教，他哪里会有现在的品位？"

不是冤家不聚首。林总和老板，就在一种极其怪异的反差之下搞到一起去了。老板信佛、信儒、信道，喜欢一切传统的东西，办公室里全是明清家具，出门穿着毛边布鞋。也许是这些食古不化的古怪风格，对林总形成了致命的诱惑。林总见到老板后一周之内，就在北京瑞吉酒店美国总统经常下榻的那间总统套房里，把老板伺候得欲仙欲死。次日早餐时间，老板一脸阴沉地对林总说，他还是信奉"糟糠之妻不下堂"，林总听了笑得花枝乱颤，招来餐厅里为数不多的老外频频回头。"你都不知道老东西那时认真的表情有多好玩！"不久她就关掉了咨询公司，加入了房地产行业。"我和他在一起的第一周，所做的唯一的事情，就是把他自己一个人住的房子里所有的衣服鞋子全扔了，又花了半年时间才给他配齐。"老板的外观终于慢慢接近了他巨富的内在质地。从此之后，林总的柔软身段加上老板的胆大妄为，两人的事业一发而不可收。从经济适用房到高档公寓，从别墅到写字楼，从奥运场馆到高速公路，从煤矿到有色金属，公司伴随着一轮一轮适度从紧、适度宽松的政府调控政策迅速扩张。老板行事低调又心狠手辣，特别适应大起大落的经济环境，成为隐形富豪。由于刻意安排，旗下没有任何上市公司，又屡次赶走了统计富豪榜的闲人，老板的身家无人知晓，甚至姓名都很少有人知道，但他肯定是中国内地唯一在香港和新加坡机场租用了五个以上飞机泊位的人。

林总和老板相伴十年，慢慢地发现老板对年轻女孩的兴趣越来越大。这是自然规律。林总是何等通透之人，她不吃醋，但关心这一大摊生意的安危。巨大的产业即使不说一半，也有三分之一应归于她，这点老板是点过头的。只不过由于林总的美国身份，她一直拒绝把财产归到自己名下。老板四处拈花惹草，"80后""90后"的小姑娘又不知深浅，容易造出事端。曾经就有一位不懂事的小孩子在网上晒老板扔给她的车子、包包，差点儿把老板给整曝光了。

林总发现，跟在老板屁股后面处理这类麻烦事，比拿下一个金矿的采矿权都难。

小蕾就是这样走进了林总的视线。她大学毕业后，误打误撞地来公司找工作时，林总在走廊里眼前一亮，当场就把她收在总办。后来林总问起她是怎么知道这家公司好的，小蕾坦率地说，担任奥运志愿者时，见过公司挂在已竣工场馆的横幅，就觉得公司虽然低调，在学校里的招聘摊位门可罗雀，但她猜实力不会小。林总安排小蕾给老板当秘书，监督老板吃饭睡觉，甚至陪老板睡觉。这一切都如行云流水，没有遇到什么尴尬和阻碍。让林总最惊奇的是，小蕾从一开始就知道做秘书是要陪领导做这做那，完全不用暗示或强迫。"你们这年青一代是不一样啊！"林总今天还在感叹。

但是随着老板对小蕾的日益依赖，问题还是不可避免地产生了。小蕾不像林总，懂得隐藏锋芒。现在公司内部的员工几乎没人知道林总和老板的私人关系，只当是长期的生意合伙人。小蕾上位之后不到半年，全公司上上下下却都知道这小家伙是新的老板娘。各种背后的议论和当面的谄媚，都让林总如坐针毡。小蕾的父母都听说了，还特意来公司走访了一圈，暗中观察这个地下老女婿是否值得托付两把老骨头。他们趁老板不在时跟着女儿到老板那篮球场一样巨大，像故宫博物院某个大殿一样布满文物，和国家总理一样装满各色电话的办公室里溜达，正好被林总撞见。林总错愕之余当然还是以礼相待。但上了年纪的人社会经验丰富，观察事物深刻，判断力鸡贼，老两口回头就给女儿讲，今天我们见到的林总好像才是大老婆，你要好好拼啊，别被人家挤出来，让我们失望。

林总处理小蕾的办法很简单也很实际。她找到在美国的同学，现在在东岸当教授的，把小蕾引荐到西岸去读 MBA。陪小蕾到美国来的第一天，办完租房、入学注册等各种手续之后，林总严肃地和小蕾谈了一次话："我早就跟你说过，来了就好好读书，公司给你出钱，要什么有什么，就是不要再动回国的念头！"这实际上就是把小蕾给流放了，和俄国沙皇处理异见者的办法一样。读一个 MBA 需要两三年的时间，那时老板肯定会忘掉这个小姑娘。

小蕾作为一个美女，到哪里当然都不会闲着。来美两个月之后，她很快就拥有了比林总当年留学时更加夸张的生活。因为怕惹是非，又嫌弃别人穷酸，她刻意不和这个大学里越来越多的中国留学生来往，周末都和美国朋友包括老师和同学一起过。她很害怕林总，因为她深深知道，如果林总翻脸，老板也护不住她，也不会护她，那她现在所享受的生活，会一夜之间成为梦幻泡影。

最让她心烦的是接到林总的电话，这个老妖精时不时会出现在她的身边，了解她和老板联系的动态，并叮嘱她要安心读书，不要动回国游玩的念头，比父母对自己的要求还要严格。今天又被她撞到和教授约会，这些事情如果林总讲给老板，老板那么老派的大男子主义者难免立刻对自己失去兴趣，自己就只有林总是唯一可以依靠的人了。

如果我不懂中文，和教授一样旁观这两人聊天的亲密镜头，那是完全不可能想象到她们谈话中的花拳绣腿、风光旖旎、刀光剑影。聊到最后，她们甚至拿教授开上了玩笑。林总说："如果你能答应我不再和老板联系，我可以送给你一百万美元。这钱并不算多，但足够和这样一个老美过上小日子了。"小蕾说："别这么说啊林姨，让人家听见多不好。我会按你的要求去做，你也别老觉着我是为了钱。"

船回到岸边，林总知趣地谢绝了教授关于一起去咖啡厅坐坐的邀请。出人意料的是，告别时小蕾一头扑进林总的怀里，林总有一丝惊讶,但迅即热情地回应了她。两个女人紧紧地拥抱在一起,像是一对难分难舍的姐妹。

5

两个美丽女人告别时的离奇一幕,在我心里激起了一个巨大的问号。现在我已充分了解这两位之间是大小老婆,不,中小老婆之谊。作为一名知识分子,我当然知道历史上关于这种怪异而美好的人际关系的确有不少令男人意淫的佳话,比如《浮生六记》中的芸娘和憨园姐妹,但亲眼看见这感人情景,不禁令人倍增好奇。反正天色尚早,我决定干脆一直跟着小蕾和教授,一探究竟。

公园草地边上有一家星巴克。星巴克发源于本城的派克农贸市场,扩张到全美,并且把店开到了中国的若干城市。在中国内地,很多年轻人以在星巴克喝咖啡为时尚的表现,但在它的老家,咖啡却是人们生活中的一项必需品。作为全美最宜居的城市,本城的名声一方面依赖湖海相连、雪山环绕、处处草地森林的风景,另一方面就是浓郁的咖啡风情,这里每年人均消费的咖啡居全球第一,大大小小的咖啡店遍布全城的每一个角落,可以毫不夸张地说,走在这里的大街上,空气中都飘荡着一股咖啡的味道。

天气晴好,咖啡店的客人们三三两两坐在室外草坪上。小蕾和教授进店分别点了自己的咖啡,小蕾执意买了单。两人端着纸杯咖啡走出店外,挑选了一个僻静的位置,教授替小蕾拉开椅子,小蕾大大方方地坐下之后,教授才回到自己的位子上。我心里暗暗赞叹生活环境对人的改造和熏陶：像小蕾这样一个普通市民家庭长大的小家碧玉，就因为大学毕业进入公司工作后的离奇际遇，使她凭空获得了一份貌似大家闺秀的从容优雅气质。我在他们坐定之后，也四平八稳地占了同桌的一张空位。

两人坐下后各自啜饮着咖啡，沉默了很久。小蕾一改刚才的狡黠和活泼气质，显得非常忧郁，脸色都和刚才判若两人。过了一会儿，小蕾抬头看着教授，直接用中文问他："你觉得她怎么样？"

教授一开口吓我一跳。他的普通话极为纯正，显然是在台北或北京待过。听着两人陆续展开的对话，我突然觉得艳阳天带来的暖和舒适全部消失，仿佛自己逐渐走进一个寒气逼人的冰窖里。

小蕾进入公司之后，林总待她亲如小妹。连她搬出学校宿舍之后住的房子都是林总帮她找好的，说是朋友出国托她看管，也没人住，有个人住在里头反而踏实，租金什么的就免了，小蕾只要负责水电物业费就很好啦。由于公寓很高级，事实上小蕾交的物业费比其他同学租房的租金还要贵很多，但她没跟林总抱怨这事，决定自己克服掉。当月月底工资打到卡上一看，也不是正常大学毕业生预期的金额，那点物业费也就不算什么了。小蕾庆幸自己做到了沉稳大气，没有出丑。刚开始小蕾还以为三生有幸，遇上了明主，心里也暗下决心要好好工作，以对得住领导直接越过面试的聘用和工作后无微不至的关怀。随着林总和大老板对自己交办的任务越来越古怪，大老板越来越不把自己当外人，小蕾渐渐明白了他们两人的关系，也迅速调整了自己的心态，接受了他们对自己的安排。大老板第一次在小蕾的公寓里过夜之后的清晨，小蕾看着沉睡中这个比自己父亲还略为年长的男人，心中暗暗佩服林总对这一切圆满周密的安排。

后来小蕾以女人的敏感，确认林总和老板之间的确不再有男女之事。他们两人在公司决策上事无巨细都要一同商量谋划，在公事上亲密得不分彼此，但私人生活却分得很开。按小蕾的观察，林总对男女之事已经没有任何欲望，连对老板性事的嫉妒都不存在，因为她居然可以拿老板当年的床上做派来和小蕾逗着玩。然后她联想到自己在故事中的角色，无缘无故吓了自己一跳。虽然父母还一厢情愿地寄希望于老板万一丧偶或离异，把小蕾扶正，他们也做做首富的泰山，但小蕾毕竟教育层次高，从来没有做过这样的白日梦，反而是领导们之间的诡异关系使她有一种如履薄冰之感。

由于不分昼夜地担任老板的助理，小蕾虽然本科专业不是商科，但在耳濡目染之间对公司正在运作的重大项目也有了很深的了解。公司没有一宗招拍挂得来的土地是真正竞价取得的。公司从其他方面收购的项目，真实的付款途径也和财务凭证的记载完全不同。公司收购高速公路的目的并不是为了赚钱。年初拿到采矿权，年中探到金矿，年底再把矿业公司整体卖给外资，这样的事情其实是按剧本在编排。日积月累的观察，结合枕边微风，终于有一天，小蕾产生了一个奇怪的想法，把自己直接吓傻了：她觉得这公司并不是老板的。这个想法她不敢拿出来和林总讨论，因为有些信息来自老板在她的床上所接听的电话，这些内容老板挂了电话后对小蕾绝口不再提及，也没见他后来和林总通过气。

随着公司势如破竹地成长，小蕾试图离开公司的心也像荒地上的野草一样日益蔓延。但林总对自己不错，老板也算温柔可亲。自己很快做到公司高管，在同学老乡圈子里也令人艳羡，小蕾不忍放弃已经过惯了的优渥生活：专人司机，公司卡无限额消费，出差坐私人飞机，最次也是民航头等舱，超五星酒店套房，客房用餐和红酒——老板有时根本就不许她走出酒店的房间。由于没有很长时间的积累，老板也从未在金钱上给自己特别礼遇——事实上小蕾特别怕这种礼遇，宁可拿一份清清白白的高薪——工资的确是特别高，但一旦停了，靠积蓄也撑不了多久。只要想想离开老板、离开林总、离开公司之后可能要和在社会上奋斗的小白领同学们一样挤地铁，小蕾马上就会觉得浑身发痒。

毫无疑问，老板对自己的难分难舍，也使林总产生了不安情绪。小蕾明白，自己本来是林总找来给老板用的人，在林总的眼里自己是一个听她号令的小卒。随着时间的推移，老板居然对自己用情专一，长时间不再四处拈花惹草，这就超出了林总的预期和承受范围。林总肯定能感觉到小蕾对某些事情的了解已经慢慢超过了她。小蕾多次想和林总告白，老板除了喜欢她陪着他、处理他生活中的杂务之外，从来没有和她讨论过公司的任何事情。但这样一开口，搞不好就把话说明了、说僵了。她有意无意地暗示过自己对公司、对老板没有大的企图，效果是激起了林总更大的防范。她也想过死心塌地地对林总效忠，把老板在床笫之间的零星信息事无巨细地向林总及时汇报，但每当话到嘴边，她都会因为想起老板那张阴沉和亢奋交织的面孔而作罢。

这样一来，小蕾夹在两位领导中间，完全动弹不得，也看不到逃生的出口，好在这只是自己胡思乱想的一面。在众人眼前的自己，少年得志，领导器重，职位晋升迅速，社会地位超过同龄人无数倍。同事们对她和老板之间的关系都习以为常，除了嫉妒羡慕之外没有其他情绪。这个一切都在剧烈变动的时代，没有哪一种价值观超越成功学，没人会嘲笑一个胜利者。所以小蕾很容易就把自己的一些见不得人的小想法掩饰起来，对外轻松展示一个年轻、阳光、洒脱、俊俏、健康的高级职业经理人形象——不是开玩笑，这个形象上过好几次都市报甚至杂志封面。老板喜欢一边在床上运动，一边翻看刊登了小蕾巨幅职业照的报纸杂志。他觉得这样的自己，和那些花钱包装影视明星再行潜规则的土大款相比，格调自然高出一筹。

在小蕾沉浸在如此这般的甜蜜生活，都快要忘掉各种发现最初带给自己的不安的时候，林总突然提出她应该去留学：年轻人不去外面见见世面怎么行呢？你看看你参加的那些高管年会、行业峰会，哪个上台演讲的人不是从海外商学院学成归来？公司要培养你，就要培养到位，成为公司在各个层面都拿得出手的形象代言人。而且现在很多搞股权投资、创业投资的人通过各种关系来找我们要钱，自称是 GP[①]，让我们当 LP[②]，也就是像咱们老

① GP：投资基金的普通合伙人。
② LP：投资基金的有限合伙人。

板娘一样的大老婆，对一切甩手不管，那怎么行啊，那还不乱了套哇。哈哈。两人说到这里时突然同时放声大笑，引得办公室外很远的同事都伸长了脖子张望。笑够了之后，林总接着说：你也去读一个 MBA，侧重投资管理方面的，回来咱们也搞一个自己的基金，就让你做主管。那么多二代三代一出校门就能做，你有现在的企业管理和社会阅历，再加上正规商学院的专门训练，肯定没问题，我相信你。

小蕾没来得及表达自己的看法，就被安排去办留学签证。很快就在林总亲自押送之下来到这异国他乡留学。小蕾被动地承受着这一切，心里倒没有什么特别的感觉。毕竟是年轻人，能到海外游历一圈，从任何角度来说都不是坏事。

小蕾没敢跟老板说自己去留学是林总刻意安排的，只说自己想去深造，希望老板能够谅解，并且承诺将来还会回来继续工作、继续合作。老板对此未置一词，但在临走前一段时间的亲密时刻，轻喘叹息之间，小蕾感觉自己正在失去老板的信任。她觉得自己可能掌握了太多东西，老板对自己怀揣重大机密离去心有不安。她没有机会让老板对自己在这一点上放心，因为她从来都装作年少无知，听不懂老板和别人电话的内容，这时如果拿这些事出来表决心，岂不坏菜？

入学两三个月，小蕾逐渐适应了异乡的生活，在久违的自由天地里刚刚才要探索未知的领域，包括其他男人的世界，有一天突然老板来电，说想她想得受不了，要来学校看她，还说不要把这事跟别人讲。小蕾知道这里的别人就是林总。老板电话后没多久，就乘私人飞机从天而降地来到本城。小蕾去机场接了他，两人一夜欢娱不提。次日老板说要去看一处房子，将来两人会面比较方便，小蕾就跟着去了。看的是一座靠山临水的岛上豪宅，除了露天游泳池之外，院子还向湖里延伸出去一个私人游艇码头。此情此景，小蕾自然见怪不怪。老板对房子也很满意，当天就下了定金，打赏了华裔经纪人。

老板第二次神秘光临时，豪宅已经收拾得可以住人了。两人在里面待了两天两夜。小蕾相信林总肯定以为老板是去公海上赌钱去了。这次见面的尾声，发生了一件奇怪的事情——她早起时老板还在睡觉，自己就去冲澡，披着浴巾回来一看床上是空的。绕了几个弯子，发现老板披着睡袍躲在院落一角讲着电话。小蕾好奇，悄悄走近去偷听，只是断断续续地听到："……对，是女的。对，就在这里。废话少说，我不方便讲，要干净利落……钱没问题，我安排一次性全部预付给你……"小蕾听到后来，腿都软了。

从那时起直到老板离开，小蕾什么话都没敢说，老板的眼神儿都不敢看。但在吃送行饭时，趁老板去上卫生间，她迅速地抄下了老板手机上最后通话的电话号码。到机场时老板和她拥抱，小蕾必须使出浑身的劲儿，使自己的身体不要颤抖。小蕾不知道自己要遇上什么麻烦，但她相信老板上午的电话和她掌握了公司太多机密，又不能天天在老板眼皮底下活动，老板对自己失去信任有关。她甚至开始犹豫是不是应该退学回国，仍然天天陪在老板左右，但马上想到这样会使林总起疑和震怒，效果适得其反。硬着头皮在这里等待不测发生？坐以待毙？小蕾心乱如麻。

万般无奈之下，小蕾仿照看过的美剧，死马当活马医地寻求"专业帮助"。她联系了一家保安公司。此刻这个和她喝咖啡的所谓教授，其实是保安公司的侦探。她和他已经见过两次面，保安公司在她租住的房屋及四周都安置了警报装置，并要求她保持和他们的沟通。但一直也没发生什么事，事情似乎慢慢就过去了。这次林总过来，一直约她见面，她怕面对林总时情绪失控，于是就一直推托。但她知道在林总回国之前肯定要见个面，不然就不近人情了。昨天她约了负责她的侦探，想交交底，看看自己和林总的会面要不要采取什么措施。这个白人侦探是公司专做华人生意的，在北京待过很多年，对小蕾很好，说正好明天是大晴天，我带你去湖上散散心好了，还开玩笑说："不另收费！"在公园意外撞上林总，小蕾觉得天都一暗，谁知这侦探是个人精，小蕾说他是教授他就真的像教授一般谈吐，说他不懂中文他就演得像真的完全不懂一样。

6

小蕾和她的侦探深度交谈之后，侦探安慰她说，整个故事很精彩，很让他这个外国人长见识，以他的职业经验，从今天林总的情况看，小蕾可能从头到尾都是自己吓自己，完全有可能是偷听电话听错内容了。又开玩笑说，小蕾可不能因此就撤销安保合同、要求退款，那样他会因为乱说话把工作都丢了。小蕾也笑了，说无论如何这半年的钱是会付到底的，到时如果发现真是虚惊一场，不再续就是了。侦探说完就站起来，说要回家陪孩子去参加游泳训练，和小蕾握了握手，就匆匆走了。小蕾又坐下来，继续呆若木鸡。我也一片茫然地坐着，第一次后悔有了隐身衣——本来纯属淘气好玩，但这一连数次听到的这些乌七八糟的事情，是我在国内大学教书时打破头也无法想象的，真让人心烦。

坐了好久，小蕾电话响了。有个人约她一起吃晚饭。小蕾心事重重地答应了，并且从笔记本上翻出一个自己常去的饭馆，把餐厅地址仔细地告诉对方。我也同时在心里默默记下了她重复确认了两遍的地址。美国因为城市建设已经完成，地址一般都特别准确，往车载导航一输入，跟着走就是了，不像在国内，地址对了，也可能找错地方，因为门牌号码或许早已变了。

小蕾离开咖啡馆后，我也回家了。大半天没吃没喝，又饿又渴又累，除此之外，心里居然还有那么一丝寒意。烤了张比萨饼，就着可乐狼吞虎咽之余，作为一个从未深入了解过世事的文人，我一直在内心感慨着，自言自语"伴君如伴虎""肮脏的商场""不可思议的社会""人心难测"这样一些不足以描述心情的贫乏词语。虽然涉事有点令人烦心，但已然欲罢不能。我决定继续跟踪下去，晚上继续去窃听小蕾的饭局。什么素材，什么文学创作，和这些我从未接触过的世间事相比，全都是狗屁。这帮孙子过的才叫刺激麻辣的真正生活！

我到餐厅时发现小蕾一个人坐在一张四人桌前，无聊地翻着手机。趁人还没到，谈话还没开始，我快步冲进卫生间，在一个隔间里穿上隐身衣，然后等到进来一位客人，在他出门时跟着出去。回到小蕾的饭桌上，她还是一个人在坐等。我从容地选了一个比较远的位子坐好。我们俩默默等了很久，才看见一个人满头大汗地匆忙赶来，对小蕾连声道歉说自己迟到了。我定睛一看，这位居然就是下雪那天钓鱼的年轻人！

很快我就听明白了。

原来这年轻人夫妻两个和小蕾是大学同班同学。小两口毕业后自己打拼，靠着双方父母的集资付了买房首付，还着按揭，这是他们最幸运的事情。如果不啃老，靠自己攒钱交首付买房的话，房价飞涨的速度会超过他们攒钱的速度五倍。有房就心里安定了，后来又买了车，算是过上了中产入门的小日子。这一段时间里，全年级同学眼看着小蕾在社会中一骑绝尘，和多数人都断了联系，只是偶尔在媒体上露面，也算是一桩可以吹嘘的八卦。但年轻人的妻子倒因为和小蕾是同宿舍的，一直有些来往。这回两人谋划、选择来本城而不是通常中国人爱去的加州生孩子，小蕾在这里留学也是一个不大不小的理由。来后三个人见过一两次面，近一个月夫妻俩突然联系不到小蕾，或者联系上之后电话里听着很怪异，妻子有点纳闷，就督促老公和小蕾见个面。她自己倒是躲在出租房里保胎，怕万一听到什么乱七八糟的事情，不利于"胎教"。花掉一辆中级轿车的钱来这里打造一个美国人，要从方方面面做好准备，不能有一点闪失。

年轻人因为临时待一段时间，在这里也没有车开，是转了两次公共汽车来的。小蕾连说自己这几天真是昏了头了，忘了他不开车，没去接他，红着脸道歉，几乎要落泪。我能理解她的情绪起伏，也看得出她是非常真诚地内疚。毕竟是在清清爽爽的大学校园里结下的情谊，和走入社会之后形成的各种复杂人际关系自是不同。

小蕾很快恢复了镇定的仪态。她拿出主人的大方姿态请年轻人点自己喜欢的菜，并就菜单做了一番介绍。本城靠海，这一带海域直到阿拉斯加，物产颇丰，单单三文鱼就有数十种之多。小蕾娓娓道来，侃侃而谈，显然对西餐菜单和本地美食都有相当的了解。年轻人对这些不大懂，又熟不拘礼，就直率地请小蕾给他安排了。小蕾做手势请服务生过来，然后叽里呱啦一串，还给年轻人点了一杯本地餐酒。我坐在边上，欣赏着这个小女人干净利落、有条不紊地处理平时最令我头痛的点菜工作，心中钦佩不已。年轻人则对他的女同学充满欣赏的神色，静等着这一切安排，没有废话，也没有谦让推辞。

两人吃饭期间聊起很多上学时的往事，和工作后各种可以一谈的奇闻逸事。可能此前会面都是三个人一起，今天是两人世界，年轻人喝了酒，竟还有点激动地说，其实当年他也特别喜欢小蕾，但是从未敢开口。小蕾微微笑了笑说，其实谁和谁过日子可能都差不多的。面对这一对同学的聊天闲扯，我觉得小蕾的成熟度比年轻人能大上十岁。当然面相上是年轻人沧桑很多。

饭吃完了，酒喝过了，小蕾又给两人点了甜点。服务生把桌面清理干净，点上蜡烛，气氛越来越温馨。这时年轻人鼓起勇气，打算询问小蕾的近况。谁知刚刚问了一句"小蕾你最近怎么了？有什么事？可以和我们说说吗"，小蕾立刻就唰唰地掉眼泪。她也不擦一下，就那样泪眼婆娑地看着自己的同学，眼泪顺着脸颊一直流下来，滴到衣服上。多年的历练，在万人面前的掩饰，在这一刻全部败退。她完全崩溃了。年轻人手足无措，又不敢轻举妄动，两人就这样相望而坐。在这两个人中间，是四年懵懵懂懂的大学同窗生活，以及其后走进社会的天渊之别。在这异国他乡的夜晚，小蕾在遭受连续重压之后，再也不能忍受自己这几年全部独自承受的另类生活。

小情绪稍稍安定下来后，小蕾用平静的口吻，像是诉说一件与自己没有太大关系的事情似的，把这些年的经历和最近恐怖的猜测全部讲给年轻人听。当然，关于老板背后真正老板的猜测以及诸如此类的机密，她也做了必要的隐瞒，因为这些事情一旦败露出去，要出大事，没必要。在这个环节她只是强调自己知道了不应知道的事情，老板可能有了他想。

关于小蕾的私生活，同学圈子里有过猜测，但面对当事人自己亲口道来，如此坦白，年轻人的内心也是一阵阵地激烈波动。他咬着嘴唇一直没有插嘴，但看得出内心的反应。当听到小蕾可能面临杀身之祸时，因为紧张，他额头上一阵一阵地冒出细微的汗珠。

小蕾也不明白自己今天是怎么了，是怕自己有个三长两短，世间必须有人知道前因后果吗？讲完故事，小蕾没等同学开腔，就拿出她的记事本，翻找到事先准备好的一页，撕下来递给年轻人："这是我在国内的银行和股票账户，包括密码，如果有什么事，你们替我交给我的父母。"年轻人接过来，却不知道说些什么安慰的话才好。想了半天，只是说了几句"不会的，真的不会的。但我可以给你收着，我也不看，回头还给你"。

说完后两人又坐了一会儿，年轻人猛地拍了一下自己的脑袋，激动地跟小蕾说："看我这脑子！我差点儿忘了，咱们在这里也是有人的，不怕谁欺负！"

然后他就说起自己父亲有一个朋友在这里，也许能帮上小蕾的忙，因为他是 FBI 探员。他一开口我就知道他说的是钓鱼的那个五十来岁、有点阴郁气质的中年人。听年轻人的介绍，原来此人早年留美，因为开发了一些软件，受到美国情报机构的关注，先购买软件，最后直接雇用了他这个人，当然这是很长的一个过程，也发生在他入籍之后。现在他的年龄大了，留在那个庞大的官僚机构里相当于养老，也不是什么正式的探员，可能是个内勤吧。年轻人自己也搞不很懂。但这就够了，小蕾心头这事，因为目前尚且无影无踪，除了请人提供安保之外，根本就是求告无门。既然执法机构有个朋友，那么多少会起到一点作用，哪怕是心理安慰。年轻人一边这么说着，小蕾也渐渐受到鼓舞，脸色好看起来了。年轻人就是这样容易疗伤，我心里暗暗赞叹。

小蕾突然想起了电话号码的事。她又另外撕下一张纸，把翻看老板手机找到的号码写给年轻人，请他拿去，如果可能的话，让那位"FBI 探员"查一查对方姓甚名谁，也胜过没有任何线索的抓瞎。这号码她没敢给自己乱找的安保公司，怕给老板惹出什么麻烦。这回转给 FBI 里面的朋友，多少有点自己人的意思。

说着说着时间已经不早，饭馆里已经没有其他客人，小蕾突然想起女同学还独自在家，又是一串自责，就尽快结了账，开车送年轻人回家。由于年轻人坐在前座上，没人开后门，我没办法上车，就站在路边，看着那辆银色的保时捷越野车飞驰而去。

7

我失去了故事接下来的线索，后来的两天像个疯子一样在公园里转来转去。从他们在那个开不了车的雪天能到这里来钓鱼，我估计那老家伙应该就是住在附近，眼下也只有守株待兔这一策。如果他想和任何人讨论新近获悉的这一桩秘闻，我猜他不会在单位、家里，甚至不会在餐厅、咖啡馆。哪里有比公园湖边这样方便从事秘密 FBI 工作的场所——美剧我也是看过一堆的。皇天不负有心人。第三天是个星期二，天气微雨。我对此事魂萦梦绕，已经没有心情再进行任何本职的研究工作或业余的文学创作。和此前两天一样，草草地填饱肚子，来到湖边瞎晃。工作日人很少，奇怪的是停车场停着三辆警车。我还是头一次在这个国家看到这么多警车在一起，很好奇究竟出了什么事。我装作若无其事地瞥过去，偷偷打量，没看到什么出奇的事情，只有几个警察在那里抽烟聊天，无所事事。看到我走过来，其中一位还举手打了个招呼。我把想问问"你们在这里干吗"的八卦心情约束了一下，走开了。我一边走一边纳闷，心里编排着警察抓毒贩的活剧桥段。走了几百米，突然看见那位阴郁的中年人坐在一条长椅上。我于是发足狂奔，迅速跑回家，穿上隐身衣，再飞速赶回。也就十分钟的时间，他已经不是一个人在那里了，坐在他身边的，是林总！微微细雨中，我分不清眼睛里是汗水还是雨水，看到这两个人坐在一起，我突然眼前一片朦胧。世界整个旋转了起来，同时自己已是汗毛直竖。我想到过这位华人FBI探员会来这里，可能会约个同事，或者打个电话，但万万没想到他直接叫来了林总，而且显然他们不是一般的熟悉！

显然林总和FBI探员在年轻留学时有过一腿，后来就分道扬镳了。和小蕾之于她的大学同学们一样，林总在这一帮留美生圈子里也是鹤立鸡群。林总早年虽然出身高干，和一般留美学生有些差距，但二十世纪八十年代的差距能有多大？后来她回国后的叱咤风云，是使所有她留美时期的同好玩伴陷入阴郁的重大原因之一。每一个人都在忖度如果自己九十年代回国，在混乱中放开折腾，现在是否已然人上之人，而不是像现在这样在美国眼巴巴地等着拿退休金。林总回中国投身商海，"FBI"加入美国公务员行列，这两个当年曾经同床共枕的露水夫妻，失去了任何保持联系的理由。林总已经完全忘记了"FBI"，即使多次来本城出差，也想不到他会辗转此处，但"FBI"这一生都不会忘怀万种风情的林总。那天晚上接到小年轻打来的电话，提到几个人名，"FBI"心里一阵发紧。老板和林总虽然低调，但锋芒无从遮掩，就连本地的华人报纸也时不时会有这家公司的新闻出现，有时会带着林总的名字。"FBI"多年来无法克制地搜寻媒体及网络上旧情人的名字，这事已成受虐的习惯。有这样的前因，年轻人只是短短几句，提到人名，"FBI"心里已是翻江倒海。

他只有小蕾提供的电话号码。通过私人关系，可能还有点违法，他查了查，电话是登记在一个没有案底的黑人名下，并且其住址不在本州。这条线索可能意义不大。而且他也不相信一个首富级的中国老板会追到美国买凶杀害自己的前秘书。所以他反馈查询结果时，轻描淡写地安慰了年轻人，并请他让他的女同学放心，如果有什么新的发现，他会及时跟进。那一头显得云淡风轻，自己内心却是不能平静。他用了两天时间，找到了林总在本城的联系方式，电话打通后，林总当然很奇怪他为什么要找她，但她没有说出来。打了几句哈哈，他问林总喜欢这里哪块地方，大家见面细聊。林总想了想，说有个公园风景很好，并爽朗地大笑着说："咱们可以在光天化日之下怀怀旧嘛。"

　　两人在一起也没有太多戏剧性的对话，甚至有点生硬。看得出大家都找不到很好的话题，就有一搭没一搭地说些别后情形。也许事业有成的林总面对暮气沉沉的老相好，有点儿不可一世的态度？也许是"FBI"过于自尊，感觉林总在颐指气使？总之有些话不投机。疙疙瘩瘩说了半天，才顺畅了一些，我坐在一旁可难堪坏了。谁说多年情人不见面，一见就会干柴烈火？人与人之间，在社会的布朗运动中会把距离拉到无法想象的程度，这可能就是那句烂大街了的"人生若只如初见"的本来意思吧。

　　说到新近流行的海归创业，"FBI"突然想到一件八卦。他提到一起钓鱼的胖子，说他目前正在争取国内一家机构的资金，要回去办个网络公司，不知眼下还赶不赶趟。林总一听就跳了起来，连忙说地球真小！这人就是我在这里出差时，一大堆人一起吃饭遇上的，他说的投资方可能就是我本人。两人感慨了一阵。接下来天南海北，话题就打开了。说起当时一起在纽约睡地铺的同学们，哪些回国成大款了，成教授博导了，哪些在美国成名了，哪些人间蒸发了，总之都是俗世的人生。"FBI"本来竭力避免谈及一些让对方和自己尴尬的话题，比如房价啊，收入啊，孩子啊什么的，但他很快发现这些话题在林总的心里根本不存在。而林总热衷的那些国内官场斗争、换届秘闻，哪个局长被精神病了，哪个副市长到美国领馆申请避难了，哪个市委书记传闻双规自杀然后又复活当供销社主任了，以及各个级别官位的大致行情，所有这些对"FBI"而言也是味同嚼蜡。

就在我快听不下去，几欲抽身离去时，"FBI"也不想再乱扯下去了。他清了清嗓子，对林总说："其实，你在国内的事情，包括和合伙人的关系，我基本上都知道。"林总的脸唰一下红了。"FBI"继续说："我这么费劲找到你，叙旧固然是一个原因，但主要是有点儿担心你。"我第一次看到林总失态了。她一下子没有了那股子飞扬跋扈的劲头儿，低头听着。

"FBI"以职业的素质，简洁明快地归纳出要点，和林总确认了几件他认为林总应该知道的事：第一桩，她的合伙人在这里买了一栋豪宅。林总不知道；第二桩，她的合伙人过去几个月至少两次来本城。林总不知道；第三桩，她的合伙人是否在这里向一个个人户头支付了一笔较大的款项，这在美国是非同寻常的事情。这个林总知道。安排一些收款付款，还是她这回过来亲手处理的主要事务。有些业务运作中必需的"咨询费"要在海外支付，有些境外收入也要和境外银行确认对账。这些都是动辄上亿美元的数字。夹在其中的是一项针对美国个人账户的一百万美元汇款，收款方是个外国人名字。老板交代这事时说她不用多问，反正公司里这种神神道道的事多了去了，也可能是老板的个人赌债，她也不方便问。如果是太过诡异的事情，肯定是通过现金支付的，这样的转账，不会有什么大的名堂。所以林总来到美国后，就从经常调拨资金的那几个岛上，找了一个方便的账户，把钱按老板的要求划转了。难道这都惊动了"FBI"？

　　说着说着林总自己也犯起了嘀咕。老朋友已经知道了这么多，就没有什么事情见不得人了。她觉得最近一段时间和老板的沟通甚至见面也发生了一些问题。当然她没有说出自己对此事的猜测：她一直觉得这是因为自己出手太快，把小蕾给流放到美国，老板肯定有一点失落和不满，但相信随着时间流逝，或者老板找到新欢，这点裂痕就会得到修补。国内近期政策走势不明，企业经营形势有点困境，这个也许是老板沉迷于赌博的另一个原因。哦，对了，他没有去赌钱，而是一遍又一遍地跑到这里来会小蕾。奇怪的是，买房的钱却没有让她经手，说明其实还有其他人在帮助老板处理这样的密令。越想越乱，没有头绪，林总心乱如麻。

　　"FBI"当然没有告诉林总他是如何得知汇款这则隐秘信息的。显得神通广大，倒是能给自己赢回一点价值和尊严。但听到林总确认有这么一笔钱款已经转出，侧面印证了小蕾偷听到的老板电话内容，他还是惊得目瞪口呆。多年的职业经验让他立即把小蕾面临的危险级别在心里提到最高级。这事必须向相关部门通报了，否则自己就有失职之虞。想到这里，"FBI"觉得两人见面时一度停滞的时间，开始按每一分每一秒飞快地跳动起来。

再稍坐了一会儿，大家均呈失语状。林总已然失魂落魄，无心攀谈。"FBI"也急于回去处理这一桩紧急案件。"FBI"礼节性地问了问林总回国的时间，林总说明天上午。又明知故问地说要不要送，当然是不用，酒店对套房客人安排了礼宾车，连公司的车都不用动的。

两人就这样不咸不淡地握手作别，然后各怀心事离去。我冷眼旁观，觉得这一场戏，正应了那一句古话：相见争如不见。

8

我一不做二不休，在"FBI"打开车门之后又回去指挥林总倒车的时点上，从他打开的汽车前门上车，爬到后座上坐好。然后等他回来开车，一路跟着他回到了办公室。这是难得的实况美剧，我不能错过。我看到"FBI"把他了解的情况，按美国人能理解的方式向相关部门的同事做了沟通。这种跨州的潜在重大犯罪活动，管辖权还真在他们这里。经过初步讨论，"FBI"的同事们认为现有信息已够立案，但是，在发现其他线索之前约见当事人，除了增加恐慌之外没有好处。所以他们目前只是把那个电话号码锁定了监听，试图从联络人开始入手调查。

第二天上午我起床很晚，走到厅里习惯性地打开电视，然后准备去洗漱。电视台正在播放一起车祸的新闻。别说车祸，枪案的新闻也是天天都有，这就是美国。我正要从屏幕前走开，突然听到播报的新闻细节，车祸就发生在本城机场附近的高速路上，心里一动，就坐下来认真地看。车祸是两车追尾，一辆加长礼宾车冲下了高架桥，司机和后座乘客均当场遇难。乘客是一位亚裔中年女士。肇事的司机是一个墨西哥人，没有受伤，正在接受警方调查。报道中的花絮很多，听来听去，我发现死者就是林总。

林总被安葬在本城义工公园附近的公墓里。这片墓地里长眠着不少华人，包括著名功夫影星李小龙，以及与某任美国驻华大使同姓的很多广东台山人。我刚刚来到此地的时候，就有人带着我去转过一圈。当时大家都在热议这些同姓故人是不是大使的家族成员。没想到只过了几个月，我就在这里目睹了一个似曾相识的人的葬礼。

公墓在市中心背后的缓坡上，远远看去，是一片绿意盎然的大草坪。墓地里规划了几条环路，成百上千的墓碑沿着道路的方向有序排列，路侧的一面刻上了死者的名字及生卒年份，多数是英文，偶尔会看到集中在一起的几个中文墓碑。看着这可以说是非常"宜居"的墓地，想到国内报纸上经常读到因为人口过多、土地超载，国人几乎要死无葬身之地的夸张故事，我不禁觉得这些来自太平洋西岸的游子，各有怀抱地诀别故国，漂泊万里来到此地，最终体面地长眠于这个处处点缀着茶花的大片草坪里，也算是经历了别样的人生，结局并不算太坏。

葬礼很隆重。事先公司从中国派过来一大堆人，忙前忙后。又在本地华人报纸上发布讣告。我很容易就知道了葬礼的准确时间地点。那天上午,我早早来到墓地现场,站在一个不引人注意的地方,看着神色肃穆的来宾们一一到场。年轻人,胖子,中年"FBI",小蕾,都穿着黑色正装,胸前别着白花。他们站在一起,但互相没有对话。

葬礼按中西夹杂的仪式举行,所以又有华人神甫讲话,又有亲朋好友鞠躬。来宾中最尊贵的一位,在小蕾搀扶下,双手颤抖着抛下第一抔土。我远远看着这位两鬓斑白、神色庄重、不怒自威的老者,发现自己心里居然也充满着悲伤和愤恨。

就在葬礼结束,人群沉默着相互致意,就要散去的时候,墓地四周突然被无数悄悄驶来的警车包围。全副武装的警察跳下警车,在警灯闪烁中围拢过来,简直和大片一模一样。冲在最前面的两位警察中间夹着一位白发苍苍的中国人。我们的"FBI"朋友大喊一声:"老汪!怎么是你!"

老汪没有理会。他看了一圈葬礼来宾,朝着老板点了点头。警察一拥而上,一边宣读我在电视里听了无数遍的米兰达权利告知,一边给老板戴上手铐。员工中有些骚动,很快就被警察们晃动着手里的冲锋枪给压制下来。

老板努力在警察的左右挟持下保持着自己的步态和体面。他回头对小蕾说:"给旧金山的总领事打电话。"

小蕾这时已经完全呆了,没有做出任何回应。这件事当天成为横跨美中两国的特大突发新闻。从事后的详细报道,结合我自己比地球上任何人都掌握得多得多的内情,我是这样分析这起谋杀案的前因后果的——

老板欲在美国除掉林总，是一件蓄谋已久的计划。起因和小蕾担心的一样，林总掌握了比小蕾多几百倍的公司机密交易信息，件件涉及高层要人。林总近来由于感觉到和老板的亲密关系在减弱，从来不主张钱财的她，有一次暗示公司应有一半属于她，而她委托老板继续持有。老板心里很清楚，他自己在这公司，连十分之一的份额都没有，哪里有可能给林总分一半？何况世易时移，原本在公司平台上结成的利益关系，也呈摇摇欲坠之势，如果有人拿林总做一个突破口来找碴儿，她把所了解到的内情全部倒出来，则不知会有多少人要掉脑袋，多少人要进局子，多少人要丢官，更别提多少人要破产这种小事儿了。虽然说一日夫妻百日恩，可多年夫妻成仇寇的也屡见不鲜，何况他们连夫妻都不是。自我感觉良好的林总，丝毫没有意识到危险正在临近。

林总常常往返美国，他乡好办事，老板没有惊动其他人，只是通过在赌场认识的黑道朋友联系到老汪。老汪这一辈子在美国过着偷鸡摸狗的非法移民日子，倒也交往了不少烂人。正好眼下走投无路必须回国，觉得可以最后干一票大的，也不枉来此虚掷二十年，对妻子儿子也算有个交代。所以他安排妻子回国照顾语言不通的儿子，自己来操作这一件大事。那电话号码专门登记了不相干的黑人名字，就为做这一件事情。

当天早晨七点，FBI 行动组监听到老汪向杀手下达了"当天上午必须完成任务"的指示之后，立即就展开了行动，在小蕾的宿舍周围完成了布控，并把小蕾紧急转移保护起来。等了一整天，什么事也没发生。倒是林总车祸现场不远处找到的肇事司机手机的通话记录，把车祸和监听电话联系上了。

FBI顺藤摸瓜，根据早晨那一通电话的定位，找到了正要回国与妻儿团聚的老汪。老汪一看见警察，就把老板供了出来。可谓笨贼一箩筐。林总死得有点冤，本来小蕾、年轻人、"FBI"这一串朋友种种阴差阳错的错误营救，会使她有一定的机会躲过这次谋杀的。

后记

参加完林总葬礼之后很多天，我都不能让自己从这起事件中解脱出来。我翻出还没用完的隐身衣，把它紧紧揉成一团，拿到湖边，系上石块，让它自沉湖底。公园里现在正是樱花怒放的时候，远远望去，一片绚丽的粉红，映衬着深蓝的湖水和天空。我已无心再从跑步、游走的行人中识别来自故国的身影，对他们林林总总的故事也失去了跟踪的兴趣。回到住处，我想删去购买隐身衣的网站地址，谁知开机一看，没有找到任何与此有关的电脑记录。这世上发生的任何事情，总有一天都会从人们的脑海中淡忘。即使中国最成功的商人和最失败的移民者联手制造谋杀案，双双在美国落入法网这样的重大新闻，也不能抵御这个世界日复一日推陈出新的荒诞戏剧、悲欢离合。那么，我的电脑率先自动清除了自己的工作记录，也算是它最为了解世道人情的一个表现。

我想陪你去麦加

父亲从农业银行的地级分行调到一个乡镇的储蓄所当所长。他坚信儿子只有在父亲眼皮底下才能长成男子汉，硬是搞得我不得不离开母亲和市里的家，从市里的二中退了学，跟着他转到几十公里外的这所位于半山腰的中学继续念初二。之前的那个冬天，我刚刚在工人俱乐部学会了滑旱冰，热血沸腾地观摩了几起本市青年团伙与驻地部队外出军人为了抢姑娘而发生的斗殴。如果不是因为寒假期间转学，到下一个春天，这样的流血事件就该轮到我和我的哥们儿出场了。

　　我的新学校只有初中没有高中。乡里的完全中学在镇上，"完全"的意思可能就是从初一到高三各年级都有。那所完中据说特别可怕，升学率接近于零这个都不用提，恐怖的是，几乎每半学期都要死掉一名学生。跳楼或喝药自杀，也有他杀，还有各种更离奇的。每次发生的惨剧都不重样，令人拍案惊奇。父亲把我从省级重点中学转出来，然后安置到这所山沟沟里的中学，避开镇上近在储蓄所隔壁的完中，其目的肯定不是为了让我能够好好读书，而是想让我能够活到初中毕业。

　　其实两所学校离得很近，也就十里路多一点的样子吧。两校之间的人员流动也很频繁，包括老师和学生。但奇怪的是，我们这个学校从来没死过学生。这是相当不容易的成绩。在我们那里的乡下，打架的结局是死人，喝酒的结局也是死人。如果说结仇的结局是死人这个大家都好理解，很少有人相信，爱情的结局有时也不例外。总之，几乎生活中的所有麻烦，最后不死一两个人，都无法得到圆满的解决。事实上，相距这么近，风土人情差异不大，这所学校不死人的最大原因，可能就是人少，只有三个年级三个班，校长和老师白天黑夜都盯着，平常盘查管制刀具、老鼠药什么的也相对容易一些。如果两个学生结了仇，老师先出手把一个"干掉"，我是说开掉，基本上就能把恶性事件扼杀在摇篮中。还有一个重要原因，那就是校园里只有几排平房，自己从房顶上跳下去，或者把别人从房顶上扔下去，最多脱臼或骨折，出不了人命。离学校不远的山脚下有一条河，这条河流到镇上时会形成一座可以用于自沉的长城水库，假如我们学校的学生跑到那个水库里投水自尽，人们茶余饭后说的仍然是"乡上中学又死人了"，不会有人特意提到我们学校。在我们学校这一带，河水并不很深，即使是在春季融雪发大水的时候，只要把裤腿卷到膝盖上方，就能安全地摸着石头过河，不会有淹死之虞。

我第一天上学，就在河边遇到了素素。那天看到素素之前，我先看到的是叶小乔。近年来天气异常，虽然刚刚过完春节不久，但已经很暖和了。

河水在冬天堆积成很宽的冰带，在阳光的照射下也已经从中间开始融化。数百米的河床，从任何一边走近，都先是一两百米的沙石滩，慢慢地走上河床中间的冰带边缘，踩着冰走上二三十米，就来到河的中央，能看见化开的冰层下面河水在流淌。那里冰层有一米左右的厚度，站在冰河边上往下看，深深一道晶莹剔透的裂口，敞开有四五尺那么宽，层层冰凌底下水流湍急，确实有点恐怖。

叶小乔一看就和包围着她的乡下同学们不一样。她皮肤洁白，身材窈窕，包在羽绒服里的胸部因为激动而一起一伏，猛一看还有点妖里妖气，和我们在市区旱冰场里故意冲撞的女孩子是一类人。她推着自行车站在冰上，寸步难行，被大家胡乱吆喝起哄之后，更是羞得满脸绯红，泪水直在眼眶里打转，眼看就要哭了。带头起哄的一个家伙戴着墨镜，身穿皮夹克，脚蹬翻毛军用皮鞋，流里流气的样子。如果不是他在那里起哄，农村中学的淳朴孩子们早就帮助叶小乔过河了，哪里会聚起这么一堆人看热闹！

我一路上都在为转学的事生闷气，自行车在乡间小道上一路飞奔颠簸，差点被我给踩散架。临到学校了，看到眼前的这一幕，更是气不打一处来。这分明是我们城里女孩虎落平阳被犬欺了嘛。我把自己的车潇洒地往冰上一扔，咔嚓一声，惊动了众人。平时大家都是把自行车小心轻放，稳稳撑住才肯放手。

大家马上闪开一条路放我过去。我走到叶小乔面前，一把把她的自行车拽过来扔到地上，然后背起她就往河中间走去。

走到水边我也傻眼了。这条冰沟我一个人跳过去完全没有问题，叶小乔闭上眼睛跳过去，应该也没有问题，但我背着她，两个人一起跳过去绝无可能。我两只手在背后托着叶小乔的屁股，她整个人就趴在我背上，软软的舒服极了，但眼下不是她该享受的时候。

我低声问她："哎，我把你放下，你跳过去，行不行？"

叶小乔带着哭腔悄悄在耳边对我说："我不敢跳，千万别放我下来！"

我就那样站在冰河边上束手无策。背后的人群更热闹了，带头的那哥们儿说："逞能吧！跳呀，跳下去呀，淹不死的！"我面红耳赤，觉得自己必须马上有个决断。

我左右观察了一番，找了一个水面较宽、河水又不太深的地方。我不顾叶小乔的哭喊，把她放在冰沟的边沿，然后自己直接跳进河水里，再把她横着抱起，走过水面，放在对面的冰上。她一路大喊大叫。刚化了冰的河水，温度可能离零度不远，冰冷刺骨，我裤腿一直湿到大腿根儿，冻得浑身打哆嗦。

我转身准备回到冰河的这一边，去拿我和叶小乔的自行车，这时"翻毛皮鞋"走过来说："哥们儿，你别上来了，直接过河去吧。"他叫几个弟兄把我们的自行车搬过河，他自己则一步跨过，然后在另一边伸手拉我上岸。

这家伙是个回民，经名叫尤素福。后来我们熟了，我和叶小乔都跟着他那一伙弟兄叫他素素。

他拉着我跑过冰面，我们一路蹬着自行车狂奔到住校生的宿舍，我脱了鞋子裤子，光着屁股烤火烤衣服，到晚上才能出来见人。原来，叶小乔、尤素福和我一样，都是今天到学校来报到，三个初来乍到者第一回见面遇上的竟是这种情形。叶小乔爸妈是县广播站的干部，去年秋天她初中毕业没考上高中，就继续留在县一中的初三复读。初三补习班有个长相还不如叶小乔清秀的女生肚子突然大了起来。她爸妈怕这毛病传染，慌忙找人打听，把她安置到了我们学校。尤素福则比较简单，他和他的弟兄团伙在乡上的完全中学虽然才上到初三，却已经成为公害，似乎要被集体开除，家长们托人把他们几位整体给转学到乡下。本来叶小乔和素素一伙是要来这里上初三的，可是拿这所学校当问题少年避难所的家长太多，初三班加了两排座位还是安排不下，只好让他们到初二班上先混着。于是，阴差阳错，我们成了同班同学。

刚开学一星期，我就意识到，我来到了一个天堂。而这所不完全中学传说中的美好岁月已经所剩无几。

因为上学和回家都要过这条随着天气转暖而越来越宽的河，加上叶小乔也住校，我就向父亲要求，说学业很重，我必须搬去住校，不然就落后了。父亲正好觉得每天给我做饭其实也很麻烦，于是就顺水推舟地同意了。我用自行车驮了一床被褥，车把手上挂了脸盆饭盒之类，一路叮当作响非常神气地来到学校。长这么大头一回不住在父母身边，我以为住校后早晨再也不会有人逼我起床，心情相当畅快。

叶小乔在校门口接了我，一路扶着我的行李，跟我来到男生宿舍。男生宿舍是不许女生进来的，但叶小乔根本不在乎这个。她只是害怕在冰上行走，在其他方面，她厉害着呢。叶小乔不知从哪儿找来一副口罩戴上，在气味不堪的男生宿舍里帮我清扫木板床铺，然后把褥子床单铺得平平整整，还把被子重新叠好放在床铺的一头。她手脚麻利地忙活着，我只好在边上旁观，根本都插不上手。我发现女生戴上口罩后只露出两只眼睛显得更加好看，而她整理东西时的动作和风格和我已经去外地上大学的姐姐很不一样，看得人有点入迷。我不是单单说我，是说一整屋子来自四邻八乡的臭烘烘的男生全都看傻了。

本校开天辟地头一回有我这么个从省级重点中学转来的学生，自然当宝贝似的，大大小小出风头露脸的事情，很快就全都落到了我的头上。首先，因为我不怕寒冷英雄救美，在开学典礼上被大肆表扬了一番——就是初一、初二、初三三个班一百多学生站在操场上听校长顶着寒风训话——那时我还能逼真地感觉到叶小乔柔软的身体在我背上烙下的记忆，心里一阵潮乎乎的感觉，脸就微微发红。校长看到我脸红，肯定觉得我还具备谦虚的品质，夸得更狠了。

接着就是两周一次的全校黑板报，也全交给我办。班主任特意学着当时《人民日报》的腔调跟我说：大胆地闯，大胆地试，只要没有政策禁区的话题，都可以百花齐放、百家争鸣。至于形式，包括色彩、版式，也全由我来决定，用谁不用谁也都由我说了算，学校保证各种色彩的粉笔供应。

可怜的校长和班主任都不知道，我上学期在重点中学，因为和其他五位哥们儿在郊外树林里喝酒盟誓义结金兰，然后大家比赛抽烟，点着了深秋堆积的枯叶，最后差点儿把整片树林给烧了，被林业局通报到了学校。曾经有一周时间班主任都不让我们上课。我们六个人每天背着书包拿着干粮在城里东躲西藏，到放学时再装模作样回家。幸亏免予处分，没有通知家长，但已经被打入另册，始终是学校里的边缘人，连小组范围内的奖励都没见过，更别说全校范围内的表彰了——虽然这乡下初中，全校学生加在一起还不如我原先的重点中学一个年级人多。

他们不看我转学时带过来的《中学生手册》吗？那里面有各学期的各科成绩和老师评语，老师在评语里含蓄地说，希望家长这样希望家长那样。我想他们可能就是没看懂，父亲每学期都认真看，好像也没看出个所以然。

越是这样无功受禄，我越想戴罪立功。开学两三个月，我把黑板报折腾得有声有色。叶小乔因为字写得好看，还上过少年宫的美术班，也被我支使得团团转。有一次我搞了振兴中华专版，报头是我写的，我把"振"字写错了，写得看上去就像提手旁加上一个繁体的"长"字，校长和班主任居然也没看出来，还背着手对着黑板报赞不绝口。直到十天后板报快要过期时，我才从一位貌似学生家长的路人口中得知这个错误。当天晚上，我气急败坏，偷偷溜过去，把黑板给擦得干干净净，"毁尸灭迹"。

我所受到的优待远不止于此。我是说，这所学校里憨厚的校长和班主任，无招胜有招地把我从一个小混混激励成了一位喜欢动脑筋琢磨事儿的好学生。

叶小乔家在县城，她每周六中午放学后回家，周日晚上再返校。我因为父亲就住在镇上，距离近，没理由一周才回去一次，每周三晚上都回去汇报情况，搜刮好吃的，顺便搞一点儿钱，周四早上返回学校。慢慢地，山里的积雪和河谷里的冰全部融化了，水流也变浅了不少，不用下车，直接骑着就可以过河。我骑的是一辆父亲用了很多年的永久牌二八男式自行车，骑上十多里路之后，走路都会一扭一扭。叶小乔看见了问我为什么那样，我说屁股被车座磨痛了，车座太高，整个车梁都太高。叶小乔让我以后周三回家时就骑她的女式带链盒的小自行车。这辆小自行车车身比我的车低很多，车座软软的，骑在乡间的土路上，车链子和链盒碰撞发出响声，别提多神气了。我美滋滋地骑着这辆粉红色自行车回家，吓了父亲一跳。他问这是谁的车，我坚决不解释。

　　我和叶小乔在谈恋爱这件事全校都知道，就我和她不知道，或者说，至少我不知道。在初中毕业之前，我自己一直不知道这就叫作谈恋爱。她知道我爱看书，每周回县城，都会从图书馆借很多书带来给我看。开头她是猜我想看什么，后来我直接开出书单让她去借。有时她一时借不到的书，还发动她爸妈帮忙找。她爸妈欣慰地看到女儿转到乡下之后的惊人进步，自然是忙不迭地全面满足。有时我要的书太新，图书馆没有，她爸爸居然就给她买了。比如那本《风流才女石评梅传》，我偶尔从收音机里听到连播，心里痒痒得不行，叶小乔硬是让她爸托人从西安给买了一本寄来。

　　那个盛夏一个星期天的晚上，我们在教室里上晚自习，叶小乔偷偷溜到我前面的座位上，面对着我坐好，然后把这本书从课桌底下拿出来猛地放到我面前，得意地笑着看我。一整晚她就这样坐在我的对面看书，膝盖顶着我的膝盖，有时还用两条腿夹着我一条腿。我不知道她是有意还是无意，当时也无暇他顾，因为我正在一目十行地贪婪扫读这本来之不易的新书。翻到最后，看到石评梅为高君宇写碑文说："君宇！我无力挽住你迅忽如彗星之生命，我只有把所剩下的泪流到你坟头，直到我不能来看你的时候。"禁不住热泪盈眶。叶小乔看见了，在桌子底下悄悄伸过手来，放在我大腿上，还用眼神示意我也把手伸过去，想和我拉拉手。我还没来得及配合，班主任进来了。

　　班主任一声不吭地把我面前的书拿起来，看了看封面，说了一句："风流才女？"全班哄堂大笑。叶小乔面红耳赤地逃回自己的座位，我则坐着一动不动，还沉浸在传记的气氛里。班主任拿着书走出了教室。后来我听说班主任把叶小乔叫去狠狠批评了一顿，我不知道老师都说了什么，叶小乔一直没向我转述。

　　大约一周之后，班主任把我叫到办公室，谈完正事，他把那本书找出来还给我，轻言轻语提了一句："不要被风流才女迷住啊，要珍惜大好前程。"我争辩说，这是一本写革命家的书，我都想在黑板报上做书摘呢。这时他又补充说："我看了，我知道。我是说其他的事，你自己去想想吧。"他只字未提叶小乔，就把我打发出来了。

　　尤素福长得很帅。他是个白面书生，很爱干净。别说在这乡下的男生中，就是拿我在市里班上的女生来比，他也显得唇红齿白，面容皎洁，而且他的相貌还有种种特异之处——眼珠呈宝石蓝色，头发是自然卷儿，鼻梁高挺。

他个子并不是全班最高的，但他坚持坐在教室最后一排。以他在乡上的名声，这里的老师根本不敢管他。他走到哪里，后面都跟着三五个人，有时更多。这些全是他在乡上打出来的弟兄。

他们这伙人不爱读书，但对我酷爱看书的习惯又非常欣赏和崇拜。我有一次远远看见他们骑在墙头上胡扯，因为来了几个外人，双方在吹嘘各自学校或团伙里谁什么最牛，有意思的是他们最后还比到看书。我听见素素说："如果说到看书，你们那里肯定没人能和我这里的一个兄弟比。"

我走到跟前，他跳下墙头搂着我的肩膀说："我刚才说的就是这个兄弟。"搞得我推辞也不是，承认也不是。为了弟兄们的面子，现在要当众比赛背唐诗我也得硬着头皮背下去。

尤素福带刀子上学。刚开始还偷偷摸摸，后来他们一伙就大明大亮地在教室里玩起了飞刀。那是一种用来吃牛羊肉的匕首。他们不让其他同学动他们的刀子，当然我是例外的。这例外自然与我大冬天跳河的壮举有关，但也不全是。我和素素认识当天，关系立刻就很好，完全不知道是什么原因。我们之间好到什么程度呢？这样说吧，如果这学校里没有叶小乔还成，但如果没有尤素福，那就太没意思了。就是这么个好法。他的存在，让我感觉到我仍然是和过去重点中学的哥儿几个在一起。或者这样说吧，和叶小乔单独待上一个小时，我会越来越觉得不自然，眼睛、双手甚至腿和脚都不知道应该放在什么位置合适。虽然这时候除了我之外的所有人，甚至县城里觊觎叶小乔的流氓们都知道，叶小乔对我特别好。

我和素素学会了扔飞刀。我们先是从教室里横着的一头扔到另一头，看着刀尖扎进墙壁里。后来又练习从竖着的一头扔到另一头。那得有一二十米的距离了，如果中间站着一个人，全力扔出的刀子肯定会从他身体中间横穿过去，不是必死，就是重伤。没过多久，教室的四壁便伤痕累累。

我们扔坏了一堆刀子。后来素素又让他父亲从积石山特意带回二十把一模一样的保安腰刀，给大家一人送了一把。这批刀子不但做工精美，还非常结实，摔在教室的砖头地上，刀把不变形，刀口不卷刃。

当我们玩飞刀的时候，同学们会尖叫着逃走，老师们从窗外走过，也都装作没看见。当然我们是在课间的时候玩。上课的时候，他们把刀子搁在抽屉里，不拿出来。

夏天的晚上，有时镇上会放电影。我们一伙人白天把自行车推到校外树林里藏好，吃完晚饭后分头潜出校门，骑车去露天电影场，坐在自行车上把电影看完，再一路兴奋地讨论着回到学校。到学校时仍然把自行车藏在树林里，大家翻墙进校园。有次我跳得有点急，把腰给挫伤了，素素连夜回家搞了很多回民医治跌打损伤的药，拿来给我敷上。

我们那里的回族人家，都会做几种汉人永远模仿不来的好吃的，比如馓子、油饼，还有特别重要的，羊肉小炒。我因为从小在市里上学，市里大家住楼房，回民家里和汉民家里家具、陈设都差不多，我一直没有意识到两个民族之间的巨大差异。自从结识了素素，我的世界被横着打开了，变得比原先的世界大了两倍还多。素素先是把带来的吃食分给我品尝，再后来就是直接请我上他家吃这吃那，特别是在那年夏天回民过开斋节的时候。从他那里，我了解了回民与汉民不同的食物、用具，他们在家里和去清真寺做礼拜的仪式，甚至看了他借给我的《古兰经》和其他伊斯兰教经文。

我在他家里问东问西，肯定说了许多不着边际的话。每当这种时候，他妈妈就捂着嘴笑，他那留着长胡子、常年戴着小白帽子的父亲就不厌其烦地从头给我解释。

有时，他妈妈知道我要去他家，会特意多做几样拿手的好东西。我一进门，就让我洗了手，快快坐下来吃。有一次素素的妹妹对我说，我是来他们家次数最多的汉民，她妈妈对我这么好，她都有点嫉妒了。

我学会了他们打招呼时说的"色俩目"。意思是"吉祥如意"。还有，我们之间是"多斯第"。就是同胞、兄弟。我结交了一帮回族弟兄让我很有面子。我和素素的关系，以及镇上关于尤素福是黑帮小头目的传说，让我父亲有点忧虑。当然，父亲见了他几次以后，也就放了心。后来我发现，父亲与尤素福的父亲也开始有了来往，父亲甚至安排给尤素福的父亲放了一笔贩牛的贷款。

素素喜欢开我和叶小乔的玩笑。他看到我和叶小乔单独出去在校外田间散步——我们学校的周围全是回民村庄的玉米地，那一年雨水足，盛夏时玉米秆子就长到两米多高，人走进去就完全消失不见——于是坚信我和叶小乔"那啥"了。他问我"那啥"的感觉怎么样，问的时候脸红得跟柿子一样。我当然不知道，只能矢口否认。这时他会有一种受伤害的感觉，觉得我把他当成了外人。可我实在编不出来啊，虽然我清清楚楚地知道他说的"那啥"是指什么，我在市里上初一时就看过手抄本《少女之心》，可我不能按照那书里的描写，生生编出一套体验来满足他的好奇心。关于我和叶小乔的流言越来越多。终于，有一天我在校园里亲耳听到一个块头比我大很多的初三的家伙对他身边的人说："就是这家伙把叶小乔给'日'了。"说得非常清楚，我都能看见他说这话时吐沫横飞的那股子爽劲儿。叶小乔是全校明星，能够直截了当地造出这样一个句子，并当着我的面大声说出来，可能也是一件很过瘾的事。我们城里的学生从来不会这样说话，我被这样直白的乡土气息震得差点晕倒。我面对着他站住："你再说一遍？"

他真的又说了一遍。我一拳打过去，事出意外，他居然就直挺挺朝后倒在了地上，嘴里流出了血。我正担心如果他爬起之后向我扑过来，我不一定能对付。这时素素一伙不知从哪里冒了出来，一拥而上，把我架回教室。我从窗口看出去，那人已经站起来，拍拍身上的土走开了。

因为背后有素素这一伙弟兄，学校里再没有任何人敢惹我的麻烦。

素素只在我们第一次在河边见面时，在众目睽睽之下逗过叶小乔一回。在那之后，他视叶小乔为不存在，因为在他心目中，那是他"多斯第"的女人。越这样,叶小乔反而和他越熟,因为没有芥蒂,关系反而很自然。很长一段时间,我其实都觉得他们只要在一起,话题就是我,当然我从来不会说破。他们一起没少编故事捉弄我,但我从来不生气。

我们几个人的感情越来越好,最后就把事情给搞大了。

我们在一起过了一整个春天和初夏。放暑假时叶小乔回县城,我回到市内的家里。素素他们仍然盘踞在镇上,帮着各自的家里做一些宰牛羊贩卖羊皮之类的买卖。我在市里和原来学校的哥们儿聚了两三回,白天坐在街头树荫下面的大排档吃烤串喝啤酒,晚上去唱唱歌,很快就发现我们已经没有了共同话题。他们现在流行去部队营房里偷军帽、皮带一类的物品,对于玩惯了刀子的我来说,这些活动有些初级了。我开始想念乡下学校里的朋友们,想念素素和叶小乔。

我给叶小乔打了个电话。"好像素素是八月几号过生日,你知道是哪一天吗?""我不知道啊。那你记得我的生日是哪一天吗?""你的生日不就是八月八号嘛。""原来你知道呀,那你干吗要问素素的生日?"

我支支吾吾了一会儿,想到了一个理由:"离开学还远着呢,我跟家里说给素素过生日,好请几天假呗。"

"是这样啊。那我去问问吧,他们那里都没有电话。"叶小乔真的骑上自行车去了二十多公里外的镇上。第二天她打电话给我说:"真巧啊,素素的生日是八月十号。"

"哦,那可真太好了。"

"我们商量过了，八月九号给我们一起过生日，大家去长城水库捞鱼。"

"嗯。""嗯嗯嗯，你嗯个屁啊。你先到我这里，我们再一起去吧。"

九号天没亮我就起床了，赶上了六点开往县城的汽车。汽车一会儿上山一会儿下山，折腾了很久才到了县城，太阳正升到半空。叶小乔在车站大门口，跨在一辆建设二五〇摩托车上等着我。看到我之后，她故作潇洒地一挥手："废话少说，上车！"

我有点迟疑地坐在摩托车后座上，抱着叶小乔的腰。县城不大，人很保守，路上有人侧目而视。

刚起步不久，车子差点儿翻倒。我使了很大的劲儿才把车子稳住，让她从前面下车。她有点不好意思地说："我哥的车，今天我好不容易要到，才试着骑了两圈。"

我也没骑过这个。我问她哪里是油门，哪里是刹车，怎么换挡。都搞清楚后我让她走开一点，然后试着骑上去，打着马达，松开刹车，加油起步。这玩意儿和自行车差不多，就是油门一加就往前一蹿，需要提防。

在小街道上试了几圈之后，我让叶小乔坐在后面牢牢抱住我，一路飞奔到镇上，用了不到二十分钟。路边金黄的田野里人们在割麦子，空气中散发着一股成熟粮食的味道。夏天的热风吹到脸上，很是惬意。

叶小乔到后来几乎是全身全脸贴我的背，说她好怕。我觉得她是装的，但我还是很享受。

按照叶小乔的提示，我到镇上后拐了个弯儿，没有停车，直接开往水库。我也怕父亲在镇上看见我这样。

　　水库离镇上不远。现在是夏末秋初，水库有五分之四的面积都见了底，只有坝底附近还有几十米宽的一池水，水很清澈。见底的部分，从最远处开始长草，一直长到水边，离水越远，草长得越高。清一色的水草连成一片，像草原一样。最远处的草场上，有一群马在悠闲地自由活动，吃草或奔跑。水库一侧的山顶上有一段战国时期的古长城，就像荒草中的一条不长草的黄土梁子，看上去一点儿不起眼。我们历史课本上有一张地图，上面有一段长城的图例，我们却都相信那图例正好就落在这个地方。水库的大坝可能有几十年历史了。现在沿着大坝走，两边向下延伸，都是长长的沙坡，没有修建之初石块水泥的痕迹，倒让这水库看上去成了一个自然湖泊。沙坡上长满了一种开着紫色小花的爬藤植物，叶小乔说这些花花草草有个好听的名字，叫作百里香。我揪了一朵花闻了闻，真是有一种说不出的清香。叶小乔说她特意查过，这花在全地球上，只有地中海沿岸和我们这里有，很神奇的。欧洲人用它做香料，我们拿它来泡茶。她要采一些百里香带回家，给哥哥交差。我们就在那坡上一边说话一边采集百里香的花和叶子。那天天空很蓝，有几丝白云，一会儿挂在这边山头上，一会儿又到另一边山头上。太阳很大，一会儿工夫我们的脸都给晒得发烫。我们在百里香的花丛里说东说西，有时相对一看，两人就笑起来。

　　我问素素他们在哪儿。

叶小乔说:"我说大家一起捞鱼是哄你的。他们在镇上呢,晚上我们一起吃牛肉。"

我没有说什么抱怨的话,叶小乔就是这样的女孩子。还有,叶小乔这时的面孔已经全红,眼波流转,非常好看。

叶小乔说:"我会游泳你信不信?"

我们身边很少有人会游泳。市里的少年宫有个游泳队,在队里学过的人才会游泳。平常我们都是在河滩上找个小水坑跳进去扑腾几下。就这,还经常有人跳进去就出不来了。我们那里夏天经常淹死学生,不知道的肯定以为我们该有多么热衷水上运动呢。

我说:"不管我信不信,你今天都不能游。""为啥?"

我说:"因为我不会游泳,你要是被淹了,我没法救你。"叶小乔说:"我的本领你就放心吧,我今天就是要游给你看。"四野无人,最近的田地也在三四里路之外,我们只能看见远处戴着草帽在地里劳作的人缩成了小点。风完全停了,天空一丝云彩都没有。只有一两只蟋蟀在百里香丛中鸣叫。

叶小乔当着我的面脱得一丝不挂。

我第一次这么近距离、这么真切地看到女孩子的美丽身体,而且是在这样一个开满清香野花的山坡上。叶小乔白嫩饱满的裸体,在群山、蓝天、草地、花朵和蟋蟀鸣叫声的合围之下,让我觉得眼前这大太阳下面,凭空多出了一轮月亮。这月亮是如此耀眼,我不敢长久地盯着细看,仿佛那样会把我的眼睛灼伤。

她就这样赤条条走到水里,慢慢蹲下身子适应了一会儿水温,然后就开始蛙泳。我坐在百里香紫色的小花丛里,被沁人肺腑的花香所包围,却紧张得不能顺畅地呼吸。这倒不是因为看到了她的裸体,而是因为她白嫩的身体在蓝色的湖水和水下碧绿的水草中间没着没落地一伸一缩,让我觉得死亡马上就要来临。这水库里淹死过多少人啊。

　　一会儿她又翻过身来仰泳。我看着她完美结实的乳房和位于正中的粉红色小小突起,她平坦光滑的小腹和其下方的凹陷,所有这些不停晃动的曲线在水波里若隐若现,让我嘴里一阵阵发干。

　　叶小乔游了一会儿爬上岸来。她浑身湿淋淋的,头发贴在脖子上,在草丛里试探着下脚,扭动着身子走过来,笑盈盈地站在我面前问:"看够了没有? 我游得好不好?"

　　我不知道该说些什么,只是直勾勾地盯着她看。她又伸出手在我面前挥了挥:"看够了没有? 我好看吗?"我老实回答:"好看。"

　　她不慌不忙地穿上了衣服。夕阳西下时,我们骑着摩托车回到镇上。她用她的丝巾裹了一大包百里香抱在怀里,我们一路都沉浸在这种植物的香气里。素素他们正在另一位同学的父亲开的牛肉馆里等着我们。似乎只有素素知道我们刚才去了哪里,其他同学都以为我俩刚从县城下来。我们吃了很多肉,我和叶小乔还喝了很多啤酒。素素他们信教,不喝酒、不抽烟。

　　晚上,叶小乔去了素素家,和素素的妹妹住在一起。我们弟兄几个一直在一起胡吹海侃，话题没边没沿。我因为下午和叶小乔在一起时心理上受到冲击，晚上又喝了不少酒，坐在那里说话，时不时还会面孔潮红。素素做出一副心照不宣的样子，不过始终没有开我和叶小乔的玩笑。我们一起待到天亮。半途有人退出回家，有人栽倒睡着，只有我和素素一直在聊这聊那，其实也没有说什么重大的话题。人在少年时期就是这样。

有那么一阵子大家聊到未来，素素突然没头没脑地说："你将来要去上大学的吧？"我说："如果能考上。"素素说："你一定要考上。我还没有兄弟上成高中呢。"

我问素素："你将来最想做什么？"

素素说："去一趟麦加。我爷爷去过，我爸爸可能这一两年就会去。将来我自己也一定会去麦加的，不管那一天还有多久。"

天亮前我打了个盹儿，一睁眼，人都走光了，只有素素还在一旁坐着发呆。我起身找了个脸盆用凉水洗了脸，漱了口。我让素素回家，把叶小乔喊过来，我得送她回家了。

素素出门又折回来，和我握了下手。我还没有和人握手的经验，有点不好意思。他说："那咱们就开学见了。"我说："好，开学见。"

接下来九月份的开学，是我上学后多少年来第一回，也是最后一回久久期盼着的开学。我迫不及待地到长途汽车站搭上开往县城的车。越是着急，车开得越慢，最后它居然在山顶上彻底停了下来。司机从车底下爬进去鼓捣了好久。还好，终于又重新启动了。

到了镇上，和父亲商量完开学的杂事之后，骑着自行车就往学校奔。我们约好了不用在镇上聚齐，大家直接到学校见面，我肯定已经是最后一个了。

我骑车经过镇上的十字路口时，觉得周围的气氛有些异样。有好几个我没见过但显然对我很感兴趣的人，在对着我窃窃私语，做各种手势。当我回头看他们时，他们又全部转过身去，装作没在看我的样子。

我觉得头皮有点发麻，心跳得厉害。如果有人现在要在这里打架，天哪，弟兄们可全都在学校里，根本帮不上我。我一边想一边发狂地蹬车向学校飞驰而去。一边骑一边往后看。还好，骑出好大一截路，后面没人追上来。很快，我离学校就只有两里多的路了。

突然后面一阵摩托车声。我回头一看，至少有五辆摩托车追了上来。肯定是冲着我来的。这下我完了。我心里这样想。摩托车超过了我，没有停。我心里一阵狂喜和轻松。刚想停下车喘息一会儿，突然他们从不远处一齐掉头，围了上来。我骑在一辆过高过大的自行车上，一只脚勉强够着地面，整个人非常狼狈。来的人一看就知道全是县城里的初高中辍学生。

其中有一个人的摩托车我不但见过，而且还骑过，当时车后还坐过我的女朋友叶小乔。

没有人说话。我壮着胆子问那辆摩托车上的人："你是叶小乔的哥哥吧？"

他没回答，周围一帮人大笑起来。

有一个家伙喊了一句："对啊，他是叶小乔的哥哥。你骑了他的车，还日了他的妹妹，你麻烦大了。"

那人回头骂了一句："就你嘴长，你给我闭嘴！"他问我叫什么名字。

我说我没必要跟你说，我要去上学。他说你今天上不了学了，语调很冷淡，也很得意。我一直在盘算我怎么对付这帮人。自行车太大，不顺手。除了自行车我连一根棍子都没有。当我渴望已久的群架马上就要开始的时候，我这边只有我一个，对方才真是一群人。我觉得今天算是倒霉到家了。正绝望间，我看见学校方向的路上扬起一阵烟尘。是素素和他的弟兄们，我的"多斯第"们。后来有一位弟兄跟我说，叶小乔在我前头赶到学校，气喘吁吁地告诉他们今天可能有人会在路上找我的麻烦。素素当时正躺在宿舍的床上听磁带，听叶小乔如此这般一说，蹬上鞋子，没顾上系鞋带就到各宿舍喊人，催促大家赶快出发。

他们就这样慌慌张张地来接我，叶小乔被远远甩在后面。

场面一片混乱。不知道是谁先打了谁，反正是双方打成一团。打群架基本上就是看哪一方人多、心齐、够狠。摩托车队就七八个人，我这边来了十多个情同手足的兄弟。结果可想而知。

不一会儿工夫，就有好几个人满脸是血，还有人身上有血，但好歹都能活动，看上去也没什么大事，可能也就是有人流了鼻血而已。事情到这时为止并不算大。

他们打不过，推起摩托车就跑。

跑了也不要紧，问题是他们边发动摩托车，一边还回头叫骂，扬言让我们就在这里等着，他们一定会再来的。

有几位弟兄骑上自行车狂追。看看追不上，有几个人狂骂着全力扔出了刀子。

我们练了一学期的飞刀。

那是我一辈子都再也不想见到的一幕。如果我有魔法，我想让时间在那一刻暂时停下来，倒带五秒钟。

但这个世界很残酷，时间继续推进，没有任何人能够阻止一件事情的发生。

有一个坐在摩托车后座上的人无声地倒了下来，重重地压在刀柄上。驾车的人继续骑行，一会儿就不见了踪影。

警方调查时，我们这一堆人里每一位都说刀子是自己扔的，包括当时站在后面观望追击的人。警方经过各种鉴定，各种模拟实验，最后选择了我们中间的一个人。因为死者是一位领导的儿子，这事不能就这么不明不白地过去。

开学的第一个月，我们自学了特意从新华书店购买的《刑法》单行本，默默研究着这件事接下来的各种可能性。那位兄弟年纪比我大一些，刑事责任是没得跑了。最后的结果不好不坏。可能法院也知道这事不确定，抓谁都可能是个替罪羊；也可能没有大人会相信我们扔出飞刀的准头和力道——反正万幸，罪名没有定到"故意杀人"上。一审判决的罪名是"故意伤害致人死亡"，按有期徒刑最高一格给判了十五年。包括被判刑的兄弟在内，我们中间没有人知道究竟是谁的刀子命中了目标。大家关系很好，刀子都一模一样，平时也经常交换着玩，刀柄上的指纹没有意义。

当时在尘土飞扬中有五六把刀子同时扔出去，谁的刀子飞得最远，也无从知晓。

直到我们初中毕业之后，二审的司法程序才算最后走完，维持原判。那位兄弟被发往新疆服刑。

杀人事件使我们学校一下子就在全省闻名了。我们学校仍然没有学生死亡，但我们的学生杀了人。用的是刀，百步穿杨的飞刀。在人们津津乐道的传说中，我们学校有一个飞刀党，为了和县上的小混混抢女人，飞刀夺命，百发百中。

有一批本来是到这里避难的学生，迅速地转离了我们学校。在那一整个学期，素素都很沉默，第二个学期他干脆退学了。他花了家里很多钱帮那位兄弟打官司。听说他把父亲准备去麦加朝圣的路费都花光了，那笔钱他们家积攒了很多年。一审，上诉；二审，结案，发配劳改。大家无能为力，因为人的的确确死了，的的确确死在飞刀之下。

叶小乔那天赶到现场时正好目睹大家围着倒地的人在发怔。她直接哭着回了家，再也没有在我们的学校出现。那天来的人中没有她的哥哥。那辆摩托车的主人，是她在县城里的男朋友。我也在沉默中读完了我的初中最后一学年。这一学年的前一半有素素陪着我，但我们之间没法再有笑容。他一下子形容枯槁，昔日明眸皓齿的卷发美少年的形象不见了。他经常跑出去为救人而奔波，回到学校里，就是陪着我在教室里用功。

我是说我在用功，他在发呆。

我们都没再提到叶小乔。我好几次都想告诉他，我真的没有和叶小乔"那啥"，我只是看见她的身体了。但我觉得我没法开口。

第二学期素素捎来一张纸条，说他不上学了，他要我一定好好学习。我在开学后的第一个周末回到镇上，到他家去找他。他不在家，说是去了省城，找什么亲戚，看能不能给案子帮上一点点忙。他妈妈对我仍然很亲切，弯着腰端给我一杯盖碗茶，但话明显少了很多。我一直低头盯着茶杯，不敢看她长盖头下面和素素一样深蓝忧郁的眼睛。

我心灰意冷。学校里那些黑板报啊，集体活动啊，我都不再有心情参与。五六月份考完中考我就逃回了市里，拍毕业照都没有参加。"多斯第"的终审判决和我的中考成绩，我不知道哪一个更重要。

二审结果出来，"多斯第"被发配新疆之后，素素去了他家，给他的父母下了跪。这段时间正好有新疆军区征兵的消息，素素报了名。年龄啊体检啊什么的都没有难住他。

素素在拿到入伍通知书之后要走的头一天晚上，从镇上的邮局给我打了电话，告诉我他要去当兵，军营在南疆的喀什。他说那里是穆斯林地区，并且离服刑的兄弟很近，便于探监。他让我放心，当兵的这几年他会很好过的。

挂电话之前他很正式地说："我听说你中考考了全县第一名，我们从来都没有见过这样的事，我们全家都觉得很光荣。"

我哭着写了一夜的信。第二天我又像去年暑假一样，天还没亮就坐上第一班开往县城的班车，去给素素送行。到达县城的时候，天色阴沉，还有点毛毛雨。我跑步赶到素素他们临时驻扎的武装部招待所，正好赶上新兵们排成一队出来。他们已经穿上了没有肩章的军服，每个人胸前都戴着一朵大红花。我看着他们听从号令，列队行进，然后一个接一个登上门口的汽车。

我站在送军的人群里寻找素素的身影。现在他们统一着装，难以辨认。人群里一片女人的哭声。有男人安慰女人说："当兵是好事，不去当兵，谁知道这孩子还会出多大的事儿。"我回头看了一眼，不是素素家的人。

可能每一个家庭都会有同样的青春期故事吧。

我终于看见了素素。他戴着军帽，压住了卷发，看上去没那么帅了，因为衣服过于宽大，甚至有点滑稽。他成为队列里非常普通的一个新兵。

他没想到我会来送他，看到我时迟疑了一下，马上就朝我边挥手边笑。我跑上前去，把信封塞到他手里。他要跟我握手，我没反应过来，哭着跑开了。眼泪和雨水把我的视线完全挡住，我都没看见他是怎么上的车。

汽车开走好远，人群散去，我还站在那里。雨越下越大了，墙上写着"一人参军，全家光荣"的大红纸被雨水冲刷之后，字迹一片模糊。我在那场雨中淋得湿透。

就这样，我告别了少年时代。我被市里的重点中学直接录取进入高中重点班。后来，我再也没有见到素素和叶小乔。我毫无来由地到这个乡村初中转了个弯，把他们的生活弄成一团糟，然后随着岁月的流逝，消失在茫茫人海中。

雨生

拿到体检报告是在八月里一个下雨的星期日早上十一点。档案室的小姑娘见是贵宾客户，毕恭毕敬地双手把报告递上来，比医院服务好多了。雨生一边道谢，一边匆匆往外走。迎面撞上一位老大夫，冲雨生招手说："来来来，我这儿还有一道程序呢，帮你解释报告内容。"

　　雨生不想拂人好意，就跟着来到一个挂着"咨询室"门牌的房间。打开信封看了几眼报告内容，老大夫的手抖了起来。他颤巍巍地戴上挂在胸前的老花镜，仔细看起了报告，并且前后翻了几页，然后取下花镜，双眼直勾勾盯着雨生问："你有什么不舒服的感觉没？"

　　"没有。"雨生脑子里轰的一声。这报告说什么了，自己还没看呢。

　　"体检结果有点儿麻烦。"雨生嘴张了张，没说出什么。

　　"不过……也不确定，你最好到大医院去复查一下。"这时又进来两位刚刚上班的大夫，看到这里的情形，一齐围了上来。雨生从老大夫手里拿过报告，和信封卷在一起，夺门而出。身后传来女大夫的惊叹："这么年轻，看上去还红光满面的，真想不到……"

雨生麻木地下楼，坐在车里一目十行地看完了报告，又把重点部分反复研究了一番。报告上说雨生血液化验结果显示他得了某种绝症，并且似乎已经到了晚期。没有肯定的论断，医疗机构都是这样措辞的：什么什么阳性，数倍超标，什么什么可能性大，建议复诊。开车回家的路上，雨生一路听着自己太阳穴里的血管轰轰作响，汽车引擎声、天空的雷声、前后左右的喇叭声，全做静音状。整个世界对雨生而言完全安静了下来。宝马X6在雨里披荆斩棘，雨刮奋力而无声地挥舞着，似乎在代表雨生向熟悉的四环路告别。

　　平常半小时的路，今天雨生开了快一小时。一小时之前，雨生生命中的一切都堪称完美。年纪轻轻就成为知名投资机构的主管合伙人之一，年入千万。住在京城西郊的独院别墅，邻居要么是神秘的外省官员，要么是当红的演艺明星。雨生在整片小区里自认为是最干净的，所以从不和邻居们来往。由于总是车进车出，打招呼最多是从汽车后座透过窗户玻璃点点头。

　　雨生在小区外转了一圈，才慢吞吞地把车开进自家院子。他把体检报告压在后备厢备胎下面，努力打起精神像往常一样走进家门。妻子已经指挥四川阿姨准备了一大桌红辣饭菜。对全家人而言，这样在一起吃饭的日子并不多，所以作为全职主妇的女人，很珍惜周日午餐的机会。雨生在外边的用餐基本都带着商务目的，嗜辣的他在燕鲍翅酒楼里没法痛快享受家常的川菜湘菜。前一周，雨生先是去香港开年度中期有限合伙人会议，然后从香港飞重庆参加一个公司巨额参股的半导体项目的开工仪式。周三蜻蜓点水般地回了趟北京，周四又飞去太原，然后坐汽车四小时去一个叫柳林的地方看一个主产焦煤的大矿。周六回到北京，在办公室待到午夜才回家。对于所谓的投资银行家来说，这样的生活节奏是常态，妻子在雨生飞黄腾达的过程中，在逐渐适应了物质上充盈的同时，也适应了几乎一个人过日子的清静。

过了这个难得悠闲的周日，如果没有什么意外的话，雨生接下来的日程仍然是满满当当。按他的计划，周一要搭七点的飞机去上海，十点在一个部委主办的论坛上发言。这种会议主要是一种社交活动，不会有任何实际内容，但作为长期赞助会议费用包括会后高尔夫活动的机构，雨生的公司很受部委重视，彼此像自家人一样亲密。一些在常人看来非常难以办到的事情，像盖个章啊拿个文啊什么的，雨生他们老大派个小秘书去就能搞定，而其他机构的董事长为同样的事情可能得亲自跑个十回八回，花的钱还不见得比雨生的公司少。由于会有副部长参加论坛，雨生本应头一晚上就飞过去，一来可以反客为主地接待领导，二来也避免周一早上误机误事。但由于这一周下矿井太累了，雨生决定把周日晚上上海的活动推给当地合伙人，并且要他做好周一会议的备份准备。

妻子像往常一样训斥、劝诱四岁的女儿乖乖吃饭，女儿却不小心把米饭整碗推到了地上。妻子在发火，女儿在哭，四川阿姨一边忙着收拾残局一边打着圆场。雨生看着眼前这在过去无数次发生过，原本认为将来还将无数次发生的场景，发现自己眼泪流了下来。赶忙抽一张纸巾打了个喷嚏，夸了句今天的辣椒真够厉害。

晚上女儿睡了之后，雨生推说要看一份尽职调查报告，在电脑上工作了三个小时，把所有与那几项血液指标相关的病症全部用谷歌研究了一遍，穷尽了网上的中文资料，他甚至查看了境外一些机构的英文报告，各种概率，各种统计数据。一方面是受报告引导，他仔细体会着自己的身体，发现的的确确有很多地方不对劲儿了。自己每周超过五次的飞机旅行，那些没有准点的应酬夜宴，终于在自己身上积累出了一个大问题。有化验结果，有物理感受，有生活方式的反省，事情已经确凿无疑了：根据自己的研究成果，生命对雨生来说，长则还有一年，短则只剩三月。心里装着这样的成果上床，雨生以为自己肯定要失眠一夜，没想到他居然一挨枕头就睡着了。

周一早晨五点半，天已经蒙蒙亮了，雨还是很大。司机把雨生商务专用的奔驰 S500 开到门廊下，等着雨生。雨生一出门，司机马上跳下车来，撑着伞伺候老板从右后门上车，然后风驰电掣地前往机场。这样的情景也是无数次地重复过了，赶早班飞机时妻女一般还都睡着，雨生独自干脆利落地出门已成习惯。但这天雨生忍不住回头，看着自家房屋院子在车窗外斑驳地从眼前远去。

由于大雨，飞机八点半才起飞，到虹桥机场已经十点。那边会场里上海合伙人已经按雨生事先定好的调子开始了发言。赶去会场没有意义了。事实上，整个人生已经没有意义了。雨生在机场出口的咖啡厅要了一杯拿铁，也不喝，就坐在那里看着来来往往的人潮发呆。生命从昨天开始游离出轨，这样无所事事坐在咖啡厅的样子，即使手下的人从边上经过，也不会认出这是他们熟悉的雨总。

手机响了好几声，雨生才听见。拿起来一看，虽然只显示一串号码，虽然雨生眼下心乱如麻，但他马上看出这是刘冬的号码。这号码有四年多没打过来了，雨生也有四年多没有拨过这个号码了。

"雨生，我有一件事要告诉你。"熟悉亲切的温婉女声从电话那头响起。全世界只有这一个女人直接叫他的名字，开门见山，不加任何修饰。妻子叫他雨点儿，是从大学叫起的。

"嗯。对了，我也有一件事要告诉你。"雨生吃惊地听到自己的话。他要告诉刘冬的这件事，除了体检中心的人之外，全世界目前就只有他自己知道，他没有对妻子透半点口风，晚上给父母的电话中也完全没有提及，而现在，他居然不假思索地要告诉刘冬。

"那你先说。"刘冬像往常一样调皮。"现在没法说。你现在是在杭州吗？""对啊，忙死了我都，好久没出门了。""那你等等，我过来跟你说，我现在在上海。""啊？你……来杭州？我今天恐怕没时间接待你啊，我本来就只想打一通电话的。"

"没关系，我反正还有时间。"

"那……那你来吧，你太奇怪了。不过我今天真的不一定有时间见面哪。"

挂掉电话之后，雨生突然好像找到了人生的目标。他拎包冲出机场，走进刚刚开通不久的虹桥交通枢纽。上海的高铁车站就建在这里。雨生在高铁开通后经常从这里出发去长三角周边看项目。去年他负责安排投资的三个项目上市，有两个就在这片区域。

上海开往杭州的动车不到一小时就有一班，不到一小时就能直达。从雨生上大学到现在成长为金融机构的高管，他的生命发生了巨大的变化，整个社会上各个方面的状况也不例外。当年雨生还是因为北京到成都的长途列车从来都抢不到座位，只能一路站着，为了有钱买回家的飞机票而从大学二年级开始在投资公司兼职的。可以说，没有火车上的各种遭遇，雨生的人生都会完全不同。

在火车上雨生开始认真地回忆起刘冬。那是一张自己隐藏已久的清秀脸庞。初次见到刘冬是五六年前的事了。雨生那时刚刚从投资经理升为公司的执行总裁。公司里像他这个级别的执行总裁一共有二十来个，上面就是六位合伙人，或者按业内通用的港式称谓——董事总经理。雨生负责一家杭州IT公司的案子，公司创办人和雨生公司的大领导是多年的朋友，所以这项投资业务从着手到执行都很愉快，没有太多需要顾忌的地方。一来没有其他机构竞争，二来也没有业绩方面的压力，即使项目失败了，也不会有人怪罪下来。

那时IT公司正在搭班子，除了老大上了点年纪，其他经营团队成员都很年轻，有的甚至比雨生还年轻。在那之前，雨生一直认为自己是"在所有开会的场合有发言权的最年轻的人"，后来他明白了，因为他此前打交道的大多是制造业工厂或干脆就是矿山。一天会后，IT 公司老大留住雨生，说请他帮个忙，给公司新招的人事经理出出招。雨生在做投资经理之前，由于也是属于早期加入机构的小元老——大学二年级就开始在这个当时刚刚设立的机构里打杂了，他对公司各方面情况都很了解，所以合伙人安排他做过两三年的人力资源管理。

就这样，刘冬蹦蹦跳跳地出现在雨生的面前。那时雨生二十八岁，年轻有为又显得少年老成，加上早婚，一直低着头在奔前程，从来没有留意身边的花花草草，然而在杭州那样一个阳春三月的下午，雨生一看见刘冬的脸，就知道自己完蛋了。刘冬出身军队大院，刚刚从哈佛商学院毕业回国，适逢父亲军转民，成为铁道系统新贵，她自然成为铁路工程供应商竞相聘用的香饽饽。虽然雨生比刘冬大三岁，但从那一天起，雨生进入了一个他完全未曾经历过的世界，在这个世界里，刘冬有丰富的阅历、烂漫的幻想、无畏的精神和蔑视一切的气度。她在雨生辛辛苦苦搭建的生活预期构架里穿墙走壁，出入自由，而且无影无踪。

刘冬对雨生身上的一切都感到新鲜。两人从出身到成长过程中的一切都截然不同，和此前她遇到的各种男人相比，雨生就是一个原生态的金矿。而对雨生来说，那个下午在湖边茶座上坐在眼前的无法形容的美丽女子，从笑容到说话的神态，使他当天所有行为都失了分寸。雨生自己也无法清晰重构两人从见面到纠缠三年的所有脉络，那三年愉悦而痛苦的地下恋情在多年之后回忆起来，只留下一些微不足道的生活细节，比如雨生远赴纽约出差时刘冬刻意安排的偶遇，在同事陪同下到雨生府上礼节周全的拜访，帮助雨生妻子解决各种工作上的烦恼——那时他妻子还在一家外资公司上班，从事 IT 系统采购。雨生所经历的这一场婚外情，是男人间通常使用的词语如"二奶""小三"甚至"情人"等，都无法拿来界定的。她喜欢他，开放地面对他，热情对待他的家人，却从来不曾有过任何关于二人关系的要求。

当然要求还是有的，但没有提出过。自从雨生忐忑地对她讲起妻子怀了小孩的那一天起，刘冬就从他的生活中一下子消失得干干净净。雨生不是没联络过，但是打通电话或见了面，全是普通朋友的热情问候，雨生觉得世界上再也没有比这种热情更残酷的事情了，于是就断了联系。有时妻子问起刘冬，雨生都要装作很久才能想起曾经有这么一个人在他们的生活中出现过。在刘冬出现之前，雨生的心是完整的。刘冬离去之后，他的心里出现了一个大洞。他不是一个多愁善感的人，完全无力用文字或对他人表达自己的内心，甚至连工作之外的个人书信都不会写。面对那个大洞他无能为力，神仙一样的刘冬是自动从天上掉下来的，又自动飞走了。他没有勾引，没有承诺，没有伤害，甚至无力挣扎和挽留。女儿的出生和工作的晋升，使他从那个洞里走出，成为一个稳重、老练，在公司和家庭里面面俱到的幸福男人——直到一份突如其来的体检报告宣布雨生所拥有的这一切安宁幸福都开始进入倒计时状态。

北京大雨。上海大雨。杭州大雨。雨生走出杭州车站，甩开了几拨旅店拉客的女人，经过了一串揽活儿的黑车，打着伞走上街头。这是一个他曾经非常熟悉的城市，不计其数的真假差旅，他可能住遍了这座城市的所有高级饭店。但毕竟有四年没有来过了。他主持投资的 IT 公司已经成功海外上市，他们的投资已经完美地以六年五十倍的惊人收益安全退出——这一个项目的分红就足以支付雨生那一千多平方米建筑面积的大别墅。刘冬已升任公司三把手，经常在电视、报纸上露面，雨生每次看到，都要仔细辨认曾经相熟的痕迹。

步行几十分钟，雨生在大雨中来到湖滨。雨中的西湖水天一色地灰着，雨滴随着风声，一会儿砸在这边，一会儿泼向那边。时不时有相拥而过的游人合撑雨伞从石板路上跑过。坐在一个稍能遮雨的亭子里，雨生看着大雨，想到自己的人生像这雨一样轰轰烈烈，却不免要风住雨歇，戛然而止，眼泪又一次流了下来，而这一次似乎无休无止，也没有必要停止了。

静音状态的两个手机一路上都在口袋里振动、闪烁。雨生没有理会。雨生的生命是被方方面面的人所需要着的：妻子、女儿、同事、社会上的熟人、政府里的领导，他一直都认真地处理每一方的要求，每一方也在他提出要求时认真地对待他。有一个手下见过雨生在两个小时汽车之旅的途中接到十多个电话之后，曾感叹说雨总是真正的社会栋梁。被人需要着，这是他一向安身立命的基础。但从来没有像今天这样，他发现只有自己才是真正需要这个生命，甚至这个肉身的人。

他给刘冬发了短信："时间？地点？"

刘冬很久之后才回复过来："你先等等，我这儿有事。"

在雨中枯坐到下午六点，天色已晚，雨生必须做个决定了。他在这座城市里还有数不清的朋友，或者说，谈不上是朋友的熟人。以他的身份地位，一个群发短信，就能在半小时之内集合起一个高管酒局。但现在这一切想想都麻木，他不想见到任何人。在湖边一家意大利餐厅随便吃了点东西之后，雨生的内心已经变得平静。从昨天到今天发生的所有状况都是命中注定，他不想再等下去了，他要回去面对新近发生的这个倒计时问题，收拾一切残局。不需要和任何人商量，这是他最后必须要完成的事情。

雨生请餐厅服务员帮忙叫了一辆出租车，结账出门。上车后他把手机关掉，请司机送他到火车站。正好赶上八点一刻去上海的火车，雨生买了一份报纸，上车找到座位坐下。一等座车厢排在列车的尾部，里面不像平时那样空旷，这里的人们，可能都是赶去上海开会、见人或者告别的吧。每一个人都在奔赴自己的前程，奔向生活中一个又一个站点，直到或早或晚的旅程终点。雨生这样想着，打开报纸装作开始阅读。想着接下来几个月的安排，想着远方的父母和年幼的女儿，想着已经不谙世事多年的妻子，想着今天突然再次出现的谜一样让他疼痛的刘冬，眼睛一直无法看清报纸上的字。火车开得时快时慢，也许是因为雨的缘故吧。

早晨刘冬打电话给雨生，是要在最后一刻告诉他，第二天是八月九号，农历七月初十，她要嫁人了。她的生活，在离开雨生之后，仍然是一样地阳光灿烂。雨生给了她短暂的幸福，但之后的生命中，仍然有无数让她感动的人和事。当然雨生是与众不同的，她的婚事，她让他最后一个知道，这本身已经足够特别。她酝酿出一种和往常一样平静的、没心没肺的口吻，在心里排练多次后拨通了雨生的号码，却刹那间达成了在杭州见面的约会。挂掉电话后，刘冬心乱如麻。毕竟有一千多个日子没有见面，在刘冬和雨生相处的日子里，雨生从来没有这样率性而为过，各种浪漫从来都是她在唱独角戏。这一天早就定下来是拍结婚照的日子，风雨不变。她不能让未婚夫在这最后一刻被这突如其来的客人伤害，但既然雨生说要见面谈，那这事就不好在电话或短信中告诉他。她唯一能做的就是加快拖泥带水的拍照，让未婚夫一个人招待亲友晚宴，然后火急火燎地卸妆，开车出门。在车上用蓝牙拨打雨生的号码时，刘冬听到的是"对不起，您拨打的号码已关机"。

拨了好多遍都是如此。

刘冬拨打雨生秘书的手机。雨生这秘书跟他已经十年了，对刘冬和雨生的事情了如指掌。但一如很久以前的平常，秘书没有好奇地问东问西，只是告诉了刘冬，雨生今天在上海开会，应该就是住在开会的西郊宾馆。

过去四年多没有联系过，但一直安静地待在心里一处角落的雨生，今天这样粗暴地跳出来，破天荒地跑来杭州，又可能已经在自己不得已的冷落下黯然离去。一想起这个，刘冬心痛极了。她决定立即到上海去找他。因为过了今晚，明天的世界将完全不同。

刘冬飞驰到火车站，经特别通道直接把车停在月台，然后交给车站早已安排好的人开走。她赶上了八点五十分的火车，和雨生的火车前后相随。开出站台之后，虽然下着大雨，火车一路行驶正常，又稳又快。刘冬发了一会儿呆，拿出手机，在屏幕上手写短信："我现在来上海找你。"写完后还没有输入号码——他们相互之间从来没有把电话号码保存在手机上，都是记在心里的，因为想着彼此永久不忘——突然间车厢发生剧烈震动，车内灯光全部熄灭，随着车辆猛地停止前进，刘冬的身子重重地摔了出去。

在未婚夫当晚赶到火车追尾现场，找到躺在泥泞中的刘冬时，她还紧紧抓着一直亮屏的手机，上面的短信草稿还在，但没有号码。这时雨已经完全停了，一轮上弦月幽幽地挂在半空。

雨生失踪一周之后，秘书收到了一份来自体检中心的快递。因为是和体检相关的，她没有打开，特意把快递送到雨生的家里。妻子打开时，发现是一封道歉信，大意是说，上周签发的体检报告把数据搞错了，诚致歉意，并向雨生全家免费提供未来三年的高规格体检服务，聊表弥补之情。

| 度假

秦西岭半个月内三次亲自驾车前往三亚凤凰机场接人。

　　头一回是两周之前。那天他上午到机场，从租车公司老板朋友派过来给他送车的小伙子手里接过车钥匙，就急匆匆开到亚龙湾尽头，到地产公司老板朋友开发的度假酒店里，去落实电话里说好的房子。

　　"秦总，您一个人来啊？我们老总以为您要带家人一起来过冬呢。"酒店老总的秘书早早就到门口迎他，一边往里让，一边寒暄，还解释说老总去北京办事了，特命她来接待，请多包涵。秦西岭胡乱把话头支应了过去。办理入住登记的海南小姑娘连他的信用卡也没要。她告诉秦西岭，根据领导的吩咐，包括房费在内，一切免费招待。给他房卡时，又特意提醒他可以用房卡在酒店餐厅等内部各处消费，不用考虑押金啊额度啊什么的。他没有多问，一一点头表示了解，然后拿着房卡，去房间放行李。

　　真正进入房间，他才明白秘书见到他时第一句话里的意思。他跟朋友说过，要一个一室一厅的小套间就可以了，就自己一个人躲躲清静，再说白天待在房间的时间也不会很多。可人家还真上心，拿他的话当客气，直接给他安排了一个大三居。

　　秦西岭此行极为低调。有一位朋友不知从哪里听说他要去三亚度假，主动来电提供一栋带私人泳池和花园的独栋别墅，秦西岭听了后干脆否认了出行计划。还是这哥们儿贴心，让他在这家不显山不露水的小酒店里面悄悄享受热带阳光。套房从外面看一点也不起眼，走进去却是步步惊喜：六七十平方米的超面宽大厅，配备了灶具餐具的厨房，三间大小不等的卧室；主卧的落地窗还直接通往一个大平台，平台上有露天临海的冲浪浴缸，加上这座酒店希腊风格的雪白外观，一切都完美得远超预期。

秦西岭很感激朋友的体贴安排。商场上就是这样，虽说花花轿子人抬人、礼多人不怪，但如果轿子抬得过高，礼送得过大，容易把接受的一方置于险境。如果他安排得过于张扬，夏南南还不定会怎么想呢。

秦西岭心情舒畅地冲了个澡，换了一身度假的汗衫短裤凉鞋，离开酒店杀回机场。一个小时后，夏南南就要从香港飞过来了。

第二回是前天。夏南南离开三亚飞北京，两小时后妻子李雪带着女儿从北京飞到三亚。秦西岭送走夏南南后在机场大厅里找了个地方捏了捏脚，出来后妻子女儿的飞机刚好到达。

再就是今天，他们一家三口又一次来到机场，迎接从西安飞来的父母。临近年关，凤凰机场可谓是人山人海。女儿半年没见爷爷奶奶，老远就喊着扑了上去。父母两人从西安出发时当地微雪，所以都穿得很臃肿，三亚却是骄阳似火，一离开机场大厅的空调，外面的气温接近三十摄氏度。秦西岭连忙带老人家去贵宾休息室换上一早就准备好的轻便海岛服。

这些接送都是秦西岭自己开车来来回回，既没有麻烦本地朋友公司的司机，也没有让度假酒店做例行的安排。有些事情，自己身体力行才有意义，比如孝敬父母。有些事情，则根本就不想让其他任何人知道。

秦西岭和李雪同年，都是三十五岁。两人大学时隔着一条成府路，在北大和清华之间穿梭谈恋爱，毕业后顺理成章就成了家。

秦西岭毕业于北大国际经济系金融专业。先是在部委里工作了几年，然后他进入一家大型国企。在公司贸易、投资等各个部门轮换了几次职位之后，最终定在了财务部。这家企业在国家政策支持下像雪球一样越滚越大，秦西岭的位置也越来越高，公司去年启动上市时，他已经是财务负责人了。在这家大型集团公司里，除了董事长和总裁等寥寥数人之外，就数他一言九鼎。在公司任职期间，秦西岭一直不停地进修，拿下了 MBA 和国际金融学博士学位。

李雪先是在中科院一家研究所做了好多年的杂务，后来秦西岭给她安排到一家证券公司投资银行部。由于在业内资历浅，现在级别还不是很高，但好歹她考到了保荐代表人资格，单位领导又是秦西岭的熟人，所以李雪在单位虽说不上春风得意，也算是顺风顺水。

夏南南也在投行工作。不过她这是外资行，工作氛围和李雪那家二流内资投行完全不同，而且夏南南自己已经是她那家国际投行高层管理团队成员之一。外资投行在华业务的高管们，出身非富即贵，个个都有来头，夏南南自然也不例外。这类围绕着大中华区市场的外国投行亚太分支机构，虽然口口声声说选拔本土优秀人才，但每一次规模浩大的校园招聘，从哈佛到北大，层层笔试面试，最后选中的全是省部一级往上领导干部家的少爷小姐。洋人也知道"入乡随俗"，为了拿到大项目，不这么组建团队行不通。当初秦西岭公司的董事会经过和主管部门沟通，在做出上海、香港两地同时上市的初步决策时，对选用哪家投行已经心照不宣。尽管如此，秦西岭还是主持了非常正规的投行选秀活动。参与选秀的几家国际大机构都很捧场，个个派出了公司最强阵容，一水儿的俊男美女。最后的结果当然与事先内定的一样，夏南南他们公司中了标。这次选秀，一切都按秦西岭预期的发展，唯一的意外是出现了夏南南这个人。

更意外的是，刚刚见到夏南南的当天晚上，秦西岭发现李雪和她负责的一个创业板上市项目的法律顾问有染。

秦西岭和李雪从二十三岁上领了结婚证，两人的早婚当时成为两校同学及两人单位同事等各个圈子里的一大热门话题。"70后"和后来的"80后"有一个很大的区别，就是"70后"中间早早结婚的人不是很多。当然早婚有很多好处，其中一项是显而易见的：秦西岭从此心无旁骛地扑在事业上，效果相当显著，二十八九岁就是正处，不到三十五岁更是局级了，是系统内最年轻的专业人才、梯队干部。

与秦西岭突飞猛进的事业相比，两人的婚姻倒是一直波澜不惊。偶尔因为家务琐事闹点小矛盾，最后总有一方主动投诚化解，没有把问题推向危机的程度。快到传说中的七年之痒，他们又生了女儿，小家庭进一步得到了巩固。年轻有为的秦西岭，在单位上是少帅级的领导，在家里是成功的丈夫和父亲。他们的小家庭从外部观察是没有任何瑕疵的完美，全家的大幅照片甚至还登上过一次都市生活报纸的副刊。沉浸在十多年虽然平淡但也算温馨恬静的生活中，秦西岭事先没有感觉到任何一丝山雨欲来的征兆。

那天结束上市投行选秀，秦西岭推掉两家机构不合时宜的饭局邀请，早早回到家里。晚饭前，秦西岭坐在起居室的沙发上看报纸，李雪的手机在茶几上闪个不停。虽是静音，但正好擦着报纸边缘晃着他的眼。平常她的手机都是不离身的，现在怎么就给落在这里了。刚才李雪走来走去似乎有点急躁，这会儿又在厨房训斥保姆，说做饭这么磨磨蹭蹭怎么行，自己一会儿还要去加班赶材料。秦西岭平时工作紧张，下班在家对声音和光线都敏感。那边有人嚷嚷，这边有光晃动，有点受不了。他直起身子随手一捂，手机是不闪了，但短信跳进了视线。短短一行字："行政层，3518房间"。短信上方的发件人名字，秦西岭是认识的。这位律师为了请保荐人帮他在企业那里说好话、拿上市项目，当时纠缠着，全家出动，请李雪全家吃过一次饭。

秦西岭看了短信，愣在那里，心怦怦直跳。听到李雪的声音移过来，他连忙把手机放在原处，平心静气，装作继续读报的样子。他平日自视甚高，从不翻看任何人的日记、信件、电脑和手机等物品，这下却一不小心，不经意就看到了妻子手机上如此重要、如此震撼的一条短信。发现妻子外遇的线索固然事关重大，但秦西岭错愕之间，竟然觉得理亏的是自己，仿佛因为自己偷看别人手机，才惹出了祸事。

李雪过来就是为了取手机的。她看了看屏幕，脸色一变，迅速瞄了秦西岭一眼，哎呀一声，说怎么回事啊这破短信，发错了吧。一边说着一边上楼去打电话。秦西岭听到她故意高声地说："你这是要发给谁的短信啊这，闹出误会怎么办啊？"然后就气呼呼地把电话挂了，下楼来帮着保姆摆餐具，没有再回到起居室。

　　吃饭的时候倒是秦西岭有意说些其他事情，包括今天的选秀啊，各家投行的阵容啊。平常李雪少不了要以内行的姿态点评几句。这种生意从来没有他们这种公司的份儿，她虽不是公司领导，每每也无法掩饰话里话外的酸意。这天李雪却彻底安静了，只是脸红红地听着他语无伦次地在那里自说自话。

　　吃完饭，李雪没再提要去加班的事儿。她对女儿说："单位上的叔叔阿姨真体贴，说是妈妈今天不用去加班了，他们自己能搞定。这下我可以陪你画画儿了。"夜里躺在床上，两人的身子离得远远的，谁也没有说什么。秦西岭知道李雪和他一样在装睡。这就算是传说中的同床异梦了吧。秦西岭没有想到自己的婚姻会走到今天。短信内容都言简意赅到这个份儿上，传递的信息已经相当丰富，以秦西岭之聪明，当然能判断她和他显然不是第一回去开房。

　　他想追问李雪究竟是为什么，但始终没能张开口。

　　随着公司上市工作紧锣密鼓地推进，夏南南也很频繁地出现在秦西岭的面前。秦西岭慢慢对这个风风火火的女人产生了好感。夏南南的气质让秦西岭很着迷。她总是衣着得体，还不重样儿。

有时即使上午和下午接着开会，她中午稍微消失一小会儿，下午就能焕然一新地出现在会场上。

秦西岭从身边小同事茶余饭后的八卦中，慢慢了解到这家给他们公司担任主承销商的国际投资银行所派工作团队里，从上到下每一个人的身家背景。这些人个个都非等闲之辈，其中以夏南南的家世最为显赫。不过，与一伙难掩纨绔之气的同事相比，夏南南自有其与众不同之处，她落落大方，仪态从容，工作干练，没有一丝一毫的骄矜之气。这样的人，就算没有什么好的出身，也会在社会上出人头地的。夏南南对秦西岭也是另眼相看，她时不时会带给秦西岭一点儿小礼物。开头秦西岭觉得这是中介机构人士笼络客户的小伎俩，日子久了，她在这些小物件上越来越用心，东西越送越对自己的胃口，渐渐地秦西岭就从中体会到一种难以言传的暧昧。心里有所察觉之后，他就不再像以前那样随手把夏南南送的东西拿回家丢给女儿去玩，而是整整齐齐用心地摆放在办公室文件柜的一角。

秦西岭自己也不是苦出身。父亲要不是当年因为在错综复杂的环境中偶尔发表的不合时宜言论受到冲击，也会升到省一级领导的位置上再退下来。父亲在厅级一待就是十年，官没升上去，性格倒是磨好了。现在离休了，天天吟诗作画，闲书都出了好几本。秦西岭为了讨老爷子高兴，每次出了书，他都买上几百本，分送给同事和朋友们，以扩大发行量。有一次，夏南南在秦西岭的办公室看到他父亲新出版的漫画书，觉得这老爷子太有趣了，当场就嚷嚷着说要飞到西安去拜访。秦西岭嬉皮笑脸地说："别急啊，将来有的是机会呢。"听到这话，夏南南的脸上竟然有一丝绯红。也许夏南南当时并没有什么特别的表情，秦西岭看到的不过是自己的幻觉；但即便如此，夏南南并没有反驳他调情的话，这已经让秦西岭相当沉醉。

上市工作进展到这时已经大半年了，他们两人已经在北京、上海、香港、东京、纽约五个城市的顶级酒店里同床共枕过。一个事业有成的男人，一个风华正茂的女人，旗鼓相当的身份地位，各怀不愿吐露、不堪回首的情殇，事情的发展似乎水到渠成，秦西岭自己都不大记得最初是谁先勾引的谁。两人之间一个更有趣的说法是，他们是梦中勾搭上的。

在一次飞往纽约与投资人初步沟通的国际航班上，他们两人的座位挨着。飞机在沉沉夜幕中飞行，头等舱的客人们大都把座位放平了躺着睡觉。这样一来，相邻的两个座位就像是两张挨在一起的单人床。虽然中间有隔板，但毕竟有点难堪。那时秦西岭和夏南南虽然心里对彼此都有好感，但还保持着一点僵持的客气。他们俩谁也没好意思先躺下去，就那么坐着喝酒看电影，间或小声聊天。后来秦西岭不知不觉坐着就睡着了。他在梦中一直寻找着李雪，看得见她人，却总是摸不着。急得不行，突然一下子惊醒，他发现自己抓着夏南南的手。夏南南不动声色地坐在那里，戴着耳机，聚精会神地看着电视屏幕上的《盗梦空间》。秦西岭没有把手抽回来，两人就那样手牵着手坐到了飞机落地。其他同行的同事都坐在后舱，没有人注意到秦西岭和夏南南两人在飞越太平洋时的重大突破。

那天飞到纽约，入住四季酒店之后，本应静心休息、调整时差的半天空闲时间，他们在房间里一分一刻都没有浪费。晚上快十点时夏南南电话叫了客房用餐服务，门铃响时，两人几乎连起身去开门的力气都没有了。

夏南南从来不会和秦西岭谈及个人生活问题。秦西岭只是隐隐知道，她是家里的老小，随母姓。父亲老来得女，对她视若珍宝。从小学后半期就送她去了英国上寄宿学校。在英国读到本科毕业，她又去了美国读商学院。留美之后她直接进入跨国投行的香港办公室，一直待在这个行业里做事。其间换了三个东家，公司越换越大，级别也水涨船高。

按说像她这样年薪高达数百万美元的董事总经理，平常只需出面拿单即可，项目具体工作自有手下一众马仔全力承担。但夏南南的另类正是表现在这里。她身体力行参与上市项目会议，天天飞来飞去，似乎有无穷的精力，也非常热爱这项工作。有次会议上，夏南南对公司财务数据比秦西岭还要熟悉，揪住秦西岭一点差错不放，完全不徇私情，让秦西岭大伤面子。要不是秦西岭的手下挺身而出承担了错误，秦西岭都要被她搞到没有台阶可下。

夏南南这样人前人后的公事公办，倒是在外人面前为她和秦西岭的关系完全消除了八卦色彩。一度公司内外甚至传出财务负责人和投行团队不合的说法。秦西岭的财务职业背景，也使他具有谨小慎微的行为习惯。两人之间频繁的约会来往没有任何人知道。

秦西岭在家里的地位因为短信事件而大幅提升。李雪已经很久不再抱怨秦西岭没有把时间花在女儿身上——之前随着女儿一天天长大,这是他们之间发生争论的一个热门话题。李雪每次在幼儿园看到其他小朋友能说会道、能写会算,回来都要大发脾气:"有钱有什么用? 事业有什么用? 孩子耽误了,一切都是空!"她从网上找到一些资料打印给秦西岭看,这些图文并茂的文章中一般都会列举好父亲是如何把时间花在孩子身上、陪着孩子成长的。秦西岭不是不愿意陪女儿写写画画,但他每次都坚持不了十分钟就会打盹儿,必须强撑着才不至于沉沉睡去。后来自己也实在不好意思,他提议找好的家教来陪玩陪学,没想到又遭到李雪更猛烈的反击:"你以为有钱就能解决问题? 父爱是不可替代的!"

意外看到的短信,让秦西岭头大的家庭事务一夜之间消失了。李雪这一年都准点下班,推掉了以往热衷的差旅活动。在秦西岭公司启动上市计划之前,作为主管财务的公司副总,秦西岭几乎常年坐镇公司,深居简出。李雪则以跑项目、做项目和参加业界会议培训的名义满天飞。秦西岭全力主抓公司上市之后,家里两人的活动方式完全颠倒了过来。秦西岭开始天南地北、欧洲美国飞个不停,李雪则从工作中大幅抽身。她对单位领导表示,由于秦西岭短期内工作内容的变化,她只能盯着自己负责签字的两家客户了。秦西岭的项目在业界众所周知,李雪的领导很仰慕秦西岭,为人也算通情达理,于是就连这两家已经申报到证监会的客户,出差的事也任由李雪安排手下的人去跑,让李雪安心在家做好秦西岭的后勤工作。

不仅不再四处出差，李雪还惊人地做到了天天晚上在家吃饭，而且饭后也不再像从前那样上网东看西看，胡乱购物。她把所有的时间都花在女儿的学习上。孩子正要从幼儿园升入小学，李雪花了大量的时间比较研究北京各家小学的情况，结论是除了实验二小、景山和府学，其他都不能上。有天李雪跟秦西岭提到这事，秦西岭怕她又闹，轻描淡写地说了一句："我抽空去专门拜访一下副市长吧，这事转托别人不靠谱，我自己去一趟，应该不会有问题的。"李雪就欢天喜地地去跟女儿说："爸爸真棒，快说谢谢爸爸！"

气氛固然融洽了许多，但两人在家内分居已经成了事实。短信事件的第二天，秦西岭说自己今后就住在楼下的客房里。"这间房接地气，我现在工作压力大，但愿在这里能睡得好一点。"他对李雪说。李雪嘴唇动了动，没有说什么。这间房就是以前双方父母偶尔来住一住，平常一直都空着。李雪当天就指示保姆把客房里的床上用品全部换了新的，秦西岭就这样在家里恢复了单身生活。女儿懂事，知道爸爸要在楼下才能睡得香，她自己如果早起，在起居室里也走得轻手轻脚。

对夏南南的身体越来越熟悉，秦西岭反而感觉两人心理上的距离越来越飘忽不定、难以把握。夏南南不但把工作和生活分得很开，而且把生活中的每一件事情也区分得很清楚。对她来说，吃饭就是吃饭，睡觉就是睡觉，做爱就是做爱，这几件事情之间没有关联。秦西岭可能谈兴正浓，她突然就说我困了我要睡觉了，然后上楼倒头就睡。有时两人缠绵撕扯了半天，彼此大汗淋漓，突然接到一个电话，她马上就能跳起来冲澡穿衣出门去见人，连一句宽慰或表示歉疚之意的情话也没有。

秦西岭用了大半年的时间熟识了夏南南身上每一处新旧文身，但关于她过去的成长史，她现在和男人之间的关系，她的心路历程和每时每刻的心情，她对自己究竟是什么样的感觉，有着什么样的期待，甚至关于她的年龄，统统一无所知。

有一天，秦西岭在餐厅里怅然若失地看着夏南南接到一个电话后匆匆离去的背影，突然悲哀地意识到，自己居然不知道自己身边这个人是单身还是已婚。

夏南南当然知道秦西岭是已婚男人。在他们头一次见面的时候，秦西岭的办公桌上就摆放着李雪和女儿的照片——这种做法是外国企业家的通例，后来就从在华外企渐渐传递到国有企业。从完全隐藏私人生活到张扬家庭幸福，社会经历了长达二三十年的回归。和夏南南有了亲密关系之后，考虑到两人经常在自己办公室里谈事，怕夏南南看到李雪的照片觉得碍眼，秦西岭就偷偷把照片全部换成了女儿的单人照，但这件事本身并没有成为他和夏南南之间的一个话题。他甚至都搞不清楚对方是否注意到了这个小小的变化。

话说回来，秦西岭浸淫政商两界多年，早已不是一个多愁善感的人。遇上这么一位对自己身家状态、情感关系完全不感兴趣的优异女子，陪着自己走过这一段发现妻子出轨后倍感屈辱和受伤的艰难时期，他一直在内心里深深感激命运，感激夏南南翩然飞入他的生活。

运作一家拥有数十万名员工的大型国企上市，而且是在国内A股和香港H股市场同时挂牌，正常情况下需要两到三年的时间。

在各方面的大力关照下，秦西岭他们公司逢山开路，遇水架桥，取得了无数特批，闯过了一道道制度和人为的关卡，终于赶上一波沪港两地市场反弹的小阳春，在市场再度下滑之前成功挂牌。这时距离项目最初启动仅仅过去了一年多一点点时间。业内都在议论这桩奇迹，财经媒体更是大红通栏标题、连篇累牍地报道这家国企新秀借国际投行襄助迅猛杀入资本市场的传奇故事。秦西岭对于个中缘由当然心知肚明，但这并不影响他以上市最大功臣的身份，在公司内部立功受奖，在社会上成为媒体追捧的对象。

上市成功后，参与运作的各家合作机构相互做东，频繁的庆典和酒会持续了大半个月。有一天，在一次例行的高规格宴会上，与众人觥筹交错地举杯相庆之后，秦西岭趁着酒劲儿，悄悄地问夏南南："你想不想和我一起出去疯一回？"

夏南南笑盈盈地看着秦西岭，半晌不语。她端着酒杯走开，与人碰杯一圈回来后，摆出夸张的动作，拉着秦西岭的胳膊，对着秦西岭的耳朵悄悄地说："好的呀，我可以拿出两周的时间，都交给你好了。"把秦西岭搞得面红耳赤。

周围的人们不知道他们在交头接耳说些什么，更有好事者起哄说今天是秦总和夏总的大好日子，他俩非得喝个交杯酒给大家助兴，才对得起过往这一年时间里两家团队的辛苦。秦西岭和夏南南大大方方地给众人表演了一下，大家都很满意。宴会结束后秦西岭让助手找到公关总监，请他务必把当时拍照的记者一一找到，删去他们相机里两人亲热的照片。

董事长主动提出给秦西岭放一个长假，连上春节假期，足足有一个月。他说这么长的时间，去一趟南极都够了，如果想去澳洲和新西兰这些正处于盛夏、繁花似锦的所在，更是不在话下。他命令秦西岭好好放松，因为假期结束后，组织上会给他更重的担子。说到这里，董事长往后一仰，半躺在沙发上，双眼眯成一条缝看着秦西岭笑。

董事长是秦西岭刚刚进入公司时的业务部门经理，秦西岭进入公司半年后，就发现了自己的幸运之处——自己部门里的这位顶头上司，居然是有着通天背景的神人。

其实两人之间的缘分说简单也简单，部门领导早年在陕西落难时，受到过秦西岭父亲的一点小恩惠。这个世界就是由各种看不清道不明的机缘推演而成，父亲当年给出那点顺水人情的照顾时，根本没想到受惠的一方会如此情长，成为儿子今后事业上的头牌贵人。

贵人有眼光，秦西岭自身也争气。部门领导渐渐把秦西岭当成他在公司内部最结实的一根台柱子。他当上公司副总裁那年，就力主秦西岭进入财务部门，并在随后的岁月里一步一步把秦西岭提拔到部门负责人。多年以来，董事长待秦西岭亲如父兄，他现在又这么开口，显然是已经帮秦西岭把上上下下的关系全部打通了。

更重的担子，换成另一种说法，就是更高级别的位置。秦西岭现在已经是公司副总兼财务负责人，再进一步就是公司常务副总，成为公司名副其实的第三把手。董事长这句轻描淡写的话听得秦西岭心旌摇荡。权力是男人的春药，在国企里面的千钧重担，志存高远者会把它当成楼梯，鼠目寸光的人也会把它当成撬钱的棍子。秦西岭看重的是前者。近年来已经有好几位国企最高领导直接升任中央政府的部长职务，这里面的渠道是畅通的。如果董事长五年之内再上一层楼，秦西岭就离董事长现在的位置更近一步，两人的关系就会横跨在这政商交界之处。

一切都充满了可能。秦西岭只需谨言慎行，借势而为，宏大远景触手可及。他可不想重蹈父亲半途而废的覆辙。

有着这样远大的理想，秦西岭默默承受了一位江湖律师通过妻子加诸自己身上的羞辱。他不是缩头乌龟，也和任何一个男人一样憎恨绿帽子。但他是秦西岭，他没有在看到短信时立即跳起来大吵大闹，让外人看笑话，折损自己的修为和前程。这一年时间里，他处于前所未有的事业关节点上，根本抽不出时间来直面和处理这件后院起火的大事。何况自己无暇照顾女儿，她在这个阶段也特别需要妈妈。总之，秦西岭仅仅以分居向李雪传达了自己的决绝。

他喜欢下围棋，懂得谋定而后动。

经过几轮电话讨论，秦西岭和夏南南放弃了需要长途跋涉、舟车劳顿前往世界尽头的各种奇思妙想——秦西岭作为一定级别的干部，出国其实也没那么容易，董事长说的南半球之旅不过是打个哈哈，即使公司和主管机关一路绿灯，办手续也显然来不及。

他们俩商定，还是立足现实，一个从北京，一个从香港，私奔到号称天涯海角的三亚去相会度假。距过年还有一点时间，各方面的大佬这一两周内还不会聚到那里。他们在这个时间差里，还可以在亚龙湾比较自由地公开活动。

李雪知道公司安排秦西岭休假，她没有问秦西岭要去哪里，和谁去。秦西岭拎着箱子走出家门时，李雪跟着到院子门口。她低眉垂眼，用司机听不到的声音跟他说："你就去好好休息吧，怎么玩都行。我会看好孩子。你也不用天天打电话回来。"

秦西岭就这样把工作和家庭暂时抛到脑后，一大早飞抵三亚，办理了度假酒店的入住手续后，又风驰电掣赶回机场，如期接到了神采飞扬的夏南南。在机场时，他们两人都是一身轻薄短装，和平常工作相处时大不一样。以前即使两人在酒店里幽会，前前后后也是西服革履，一丝不苟。现在暂时放下了工作，离开了喧嚣的都市，彼此都感觉有点儿新鲜、有点儿年轻。

夏南南身穿T恤短裤，一双白生生的长腿在热带阳光下闪闪发光，在车里就逗得秦西岭不能自已。回到酒店，她蹦蹦跳跳跑进客房，看到宽敞的套房里面有很多卧室，有点意外，就回头问秦西岭："你不会是打算在接待完我之后又安排家人来这里过年吧？"秦西岭连忙澄清没有，这房间是朋友随意安排的，自己事先也没想到会是这么大的一套家庭度假房。夏南南说："别这么说啊，你平常太忙，这倒确实是一个千载难逢的机会呢。"秦西岭听了心里怪怪的，不过他很快把话题转到了别处。一见面就提到家人，秦西岭憋了一路的心火立刻就败下阵来，没有上演路上在脑子里排练了千百回的干柴烈火一幕。

他们度假的第一周过得真像是两个小年轻儿一样开心：白天关掉手机，开着车四处奔走，在环岛高速上往西线和东线都开了很远，开到饥肠辘辘，就随便拐下高速，到小镇上去吃农家菜。这时候的北方已是严冬时节，这海岛上却处处鸟语花香。每每开过布满茶花的乡间小路，秦西岭就有一种在桃花岛上"穿花拂柳"的感觉。晚上再回到度假酒店，在沙滩上散步聊天。或者什么话都不说，两人静静躺在椰子树下的躺椅上，看亚龙湾的日落。有一次去大东海一家军营背后的海鲜大排档吃海鲜，两个小时内，两个人分别遇上了各自认识或同时认识两人的数拨客人。因为年头节下，各大部委和金融机构都在三亚办会，见到的这些朋友也没有对他们在一起产生什么分外的联想。大家言谈之间对他们充满了恭维之意，让秦西岭心里也很受用。毕竟自己身边的女伴是名动江湖的大家闺秀，所谓男人以征服世界来征服女人，可能说的就是这种感觉吧。

秦西岭没有一点点偷情的感觉。相反，他觉得这一切喜悦都是自己理所应当的。

在遇上夏南南之前，他的感情生活单纯得像一张白纸，上面只落了一朵雪花，总的来说仍然是苍白的。这些年一直忙着奔前程，同年龄段的男人们有的还在女人堆里挑挑拣拣，迟迟不能落停，有的已经梅开二度甚至三度，有的虽然勉强维持着婚姻，但周围早已绯闻不断。他秦西岭始终平静如水，甚至没有感觉到平淡的生活有什么不妥之处，直到李雪手机上的短信提醒他，这朵雪花在自己这张白纸之外，也有不甘寂寞私自开放的时候。现在他有了夏南南，这是他真正成熟以来交往的第一个同样成熟的女人。新的情感关系，甚至情感上下依托的物理层面，都让他感受到此生从未经历过的欢喜和振奋。秦西岭深信这是上天对自己的弥补。

有天早晨他俩一路乱开，经过一个叫乐东的地方。那儿路边的山谷里一直有条小溪水与车相随。夏南南看了一会儿，突然大喊停车。秦西岭找了个稍宽的路面靠边停下，车还没停稳，夏南南就冲出车门，撒开脚丫子奔到溪边，鞋也不脱就跑到清澈见底的水里。秦西岭问她在干吗，夏南南远远地回答："捉泥鳅啊！"秦西岭没有跟着她下到谷底水边。他站在路边上点了根烟，看着周围的青山翠谷、寂静山林，看着蓝色溪水里戴着红头巾、像是回到了小女孩时代的夏南南，心潮起伏，甚至有一点点心痛。

秦西岭渐渐觉得，毕竟，人生还有很多事情，可以重来。

秦西岭有一肚子的问题想问夏南南，总是找不到合适的机会。有时是他自己欲言又止，有时话题稍微往两人之间的关系上一靠，就被夏南南敏感地打断。

两个人如此亲密，彼此已经心到神知，他要往她心里更深地方走去的欲望已经明明白白。他们在一起完整地待了一周之后，秦西岭的生命轨迹对夏南南而言已经清晰可见，包括此前三十五年的所有能回忆出的细节，以及他所设想的未来人生道路。对于他的未来，夏南南也不止一次从她的视界出发给出了点评，有规劝，有建议，更不乏殷殷期许。这一切，让秦西岭产生了更多的憧憬。

他屡屡想开口邀请夏南南加入自己的人生，或者更准确地说，两人把各自的人生合并起来，携手前行。但考虑到夏南南的身份背景，他每每都下意识地压住这个话头。现在的他，已经如同下山猛虎。人生的坦途已经铺在面前，他只要握好方向盘，适当地踩踩油门，就能势如破竹地奔向远方。他根本不再需要攀附任何高枝，甚至任何这方面的联想，都能让他适时地放下心中的倾诉冲动。他不止一次恨恨地设想，如果夏南南是个普通人家的女子，他的人生邀约就不会有瓜田李下之嫌。那该多完美。

盘旋在脑海里的思绪，像魔鬼一样，总会趁机溜出来。

在一个下弦月高挂天边、海面平静如铁的无风之夜，他们在沙滩漫步许久后回到客房。彼时四下里寂静无人，房间周围绿篱围挡，从外面各个方向都看不到平台内部的状况，房子的设计真是完美。他们放松地躺在平台上巨大的冲浪浴缸里喝酒聊天，映着月光，各自的眼神都有些迷离。

两人聊东道西，说些笑话，谈些工作上的往事。很快一瓶红酒就见底了，两人的脸都有些泛红。忽然，秦西岭盯着夏南南说了一句："如果能够永远都这样，多好。"夏南南没有及时回应。她看着杯里的酒。杯子在颤抖，酒在晃动的杯子里像波浪一样荡漾着。沉默良久，她和秦西岭碰了下杯，自己一饮而尽。夏南南把空杯子放回浴缸边的台子上，双手抱膝，看着天空中的月亮，自言自语一样轻轻地说："西岭你不会是想着要离婚娶我吧？"

秦西岭紧张得说不出话。他不知道她期待着自己什么样的回答。"如果你是单身，我就不会接近你。"夏南南又幽幽地说。

说完她无声地哭了起来，泪水从仰起的脸上滑下，肩膀微微抖动。

秦西岭茫然不知所措。这个谜一样的女子的内心世界，可能会成为他这一生最难以抵达的所在。而刚才这一个瞬间，也许已经凝固为他们的心灵最接近的一刻。

这天夜里，和接下来的两三个夜晚一样，夏南南比以往更投入地索取，更积极地迎合。秦西岭心里明白，夏南南进一步打开身体的同时，她也把自己心里一度濒于崩溃的保护墙修筑得更加牢不可破。他们之间的亲密关系，可能已经渐渐进入了尾声。

夏南南临走前一天，坚持要秦西岭给家人打电话，把妻子女儿父母全接到岛上来。秦西岭不能完全体会她这样做的动机，也许她感觉到自己的行为已经伤害了世界上的这么几个人，要有所弥补？也许她想进一步把他推出安全距离之外？也许是她需要他继续保持在原有的生活架构之内，好让她完全不受约束地自在游离，然后在大家有心情、有时间、有空间的时候，仍然能够像现在这样云淡风轻地携手度假？

他们相处一年，秦西岭从来没有告诉夏南南自己妻子出轨、两个人实际上处于分居状态的事。这是他唯一没有和夏南南分享的人生况味。现在如果找补回来解释，让夏南南明白，她并不是导致他家庭面临崩溃的原因，会不会把事情弄得更加难堪？秦西岭心乱如麻。以他心高气傲的做派，这件事他可能今生永远都不会对任何人提起。他不会和夏南南倾诉。他甚至过去未曾、将来也不会向李雪去追问。

在夏南南去酒店 SPA 做美容的时间里，秦西岭打通了西安父母家的电话。母亲接了电话，说父亲去易俗社听秦腔去了，接着就责怪西岭怎么这么长时间没来电话，问他都在忙什么，孙女乖不乖。一连串的问题劈头盖脸而来。秦西岭一一耐心解释了，然后提到请两位老人家到三亚过年的事。

母亲就是母亲，她似乎朦朦胧胧知道些什么。对于秦西岭的邀请，她的回答是，如果李雪会带着宝贝孙女一起去三亚，而不是像去年那样娘儿俩回李雪的娘家过年，她就会做通父亲的工作，前来三亚，大家三代同堂，过个好年。秦西岭没辙，随口编了一句"本来就是这样安排的"，老太太这才宽慰地挂断了电话。

坐了半晌，夏南南还没有回来。秦西岭一个人去海滩上来回踱步。这是一个阴天，海边的气温可能降到了二十摄氏度，海风吹拂着额头，秦西岭的脑子渐渐清醒过来。作为一个重任在肩的家庭支柱，他发现虽然在社会上的自己基本可以用叱咤风云来描述，但在家事上，他却没有办法听任个人意愿做出选择。

打通了李雪的电话，秦西岭简单地问了问女儿近期的情况，然后就告诉她尽快带着女儿来三亚；因为女儿的爷爷奶奶也已经说好来三亚过年，请李雪和老人家联系确认一下时间，帮他们订好机票。

李雪对他言听计从，说她马上就办，正好明天之后自己也休假了，女儿也天天喊着要爸爸。

夏南南动身回北京过年的那天，看上去心情非常好。她换上一身职业装，想要在北京恭候她大驾光临的圈子里，摆出刚刚从香港办公室飞过来的样子。秦西岭没有理由换上正装，于是他和她走在一起，显得格外像一名本地导游或者司机。两人开着这个小小的玩笑，尽力做出心情轻松的样子出发前往机场。临到要上电梯了，秦西岭又跑回去，把"请即整理"的牌子挂在门把手上。

送走了夏南南，接来了妻子和女儿，秦西岭硬着头皮走进酒店时，并没觉察出从门童到前台的眼神有什么异样。当天冲动地约好了父母和李雪来三亚，挂了电话之后，他马上意识到不能再在这约会情人的同一家酒店里接待家人。他急忙又打了几通电话，却悻悻地发现这时的亚龙湾已经一房难求，花多少钱都解决不了问题，只能继续待在这不用自己花钱的地方了。

好在这里的服务员可能什么样的世面都见过，早就见怪不怪了吧——她们看到秦西岭重回酒店，带着一个新面孔的女人和一个小女孩，眼神里一丝讶异的色彩都没有。秦西岭这样想着，心里一宽，就去追逐已经穿过大堂冲向沙滩的女儿。

李雪拿着门卡自己去了房间，打开行李，把衣物一一挂到柜子里。

在一个柜子的深处，李雪看到一条女人用的小红丝巾。她愣了一下，继续忙手头的事，仿佛什么都没有看见。

晚上三个人吃过饭，女儿由于坐长途飞机又玩海滩，有些累了，早早在沙发上睡着了。李雪把女儿抱到一个小房间，放到床上安顿好，再悄悄带上门回来。两人坐在沙发上看《新闻联播》，相对无言。秦西岭觉得尴尬，就打开一部关了一周多的手机，查看着短信和来电提醒，给人回了一晚上的电话。

到了睡觉的时候，秦西岭说："咱们今天就睡这边吧。那间带露天平台的大屋子留着她爷爷奶奶来了住。这样就不用中间换来换去的了。"

李雪说："好的。"然后她进了卫生间。李雪用洗脸池里的水流声遮掩了自己悄声的抽泣。这天，距他们上一回同床共枕，已经有一年多的时间了。

爷爷奶奶的到来，才真正使得这个一度有点沉寂的度假酒店三居室再次充满了喧哗。整个房间都突然显得小了。爷爷从竖在大堂里临时手写的牌子上看到这个海景三居室这段时间每晚房费接近三万元人民币，惊得瞠目结舌，所以一进屋就兴奋地走来走去，查看房间的布局陈设，想了解为什么这么贵。

当他看到儿子安排自己入住的房间落地窗外面足足有十多平方米，像游泳池一样的露天大浴缸时，情不自禁地大声嚷嚷说："现在这些腐败分子不得了啊，我们那时要是敢这么腐化早就被毙了！"奶奶听见了直叫他闭嘴。晚饭后，秦西岭亲自去给浴缸注满了水，然后放掉，再次注满了水。在这个他和夏南南过去两周内几乎夜夜缠绵流连的浴缸边上忙活时，他尽力抑制着自己有点脆弱的情绪，才没有在大露台上痛哭失声。

一切准备停当，他出来劝说父亲母亲去享受海景温泉浴。老人们进去之后，秦西岭轻轻拉上了房门，回到厅里。

女儿正在给爷爷奶奶从西安背来的芭比娃娃梳头，李雪在收拾厨房。秦西岭坐在沙发上打开电视，正好看到多年前夏南南的父亲在春节前夕深入基层，在农村访贫问苦的录像。

他一直看到这期节目结束，才关上电视。数天之前，夏南南在这个客房里来回行走的鲜活身影，似乎又一次在他眼前重现。

秦西岭赶紧闭上眼睛，怕李雪和女儿无意中回头，看到自己几欲夺眶而出的泪水。

图书在版编目（CIP）数据

我想陪你去麦加 / 简直著 . — 杭州：浙江文艺出版社，2018.8
ISBN 978-7-5339-5296-9

Ⅰ . ①我… Ⅱ . ①简… Ⅲ . ①短篇小说 - 小说集 - 中国 - 当代 Ⅳ . ① I247.7

中国版本图书馆 CIP 数据核字（2018）第 084995 号

我想陪你去麦加 WO XIANG PEI NI QU MAIJIA

简直 著

责任编辑	瞿昌林
装帧设计	金 山
排版制作	尚春苓
责任印刷	朱毅平

出版发行	浙江文艺出版社
网 址	www.zjwycbs.cn
联系电话	0571-85152727
经 销	浙江省新华书店集团有限公司
印 刷	浙江新华数码印务有限公司
开 本	889 毫米 ×1194 毫米 1/32
字 数	155 千字
印 张	7.5
版 次	2018 年 8 月第 1 版 2018 年 8 月第 1 次印刷
书 号	ISBN 978-7-5339-5296-9
定 价	39.80 元

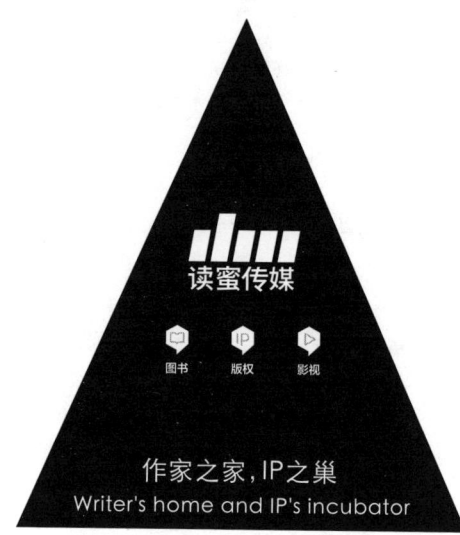

读蜜传媒

图书　版权　影视

作家之家，IP之巢
Writer's home and IP's incubator